너는 나의 시절이다

정지우 사랑 애愛세이

너는 나의 시절이다

당신의 그 어떤 순간에도
사랑을 잃지 않기를

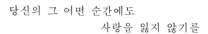

포르체

사랑의 습작

사랑을 이야기하는 것은 어딘지 부담스러운 데가 있다. 어찌 보면 부끄러운 것 같기도 한데, 내가 사랑을 이야기해도 좋은 사람인지, 그럴 만한 자격이 있는지 의구심이 들곤 하는 것이다. 과연 나는 사랑을 말할 만큼 충분히 잘 사랑하고 있을까, 나는 앞으로도 사랑이라는 것을 잘 해낼 수 있을까, 사랑 이야기를 실컷 써놓고 사랑에 실패한 사람이 되지는 않을까, 싶은 두려움 같은 게 있다.

스스로 사랑의 고수라든지, 이미 살면서 멋진 사랑을 해낸 사람이라고 믿으면 모르겠으나, 나는 스스로 사랑의 습작생일 뿐이라고 느낀다. 내가 매일 사랑하고 있다면, 그저 매일 사랑을 연습하고 있을 뿐이다. 어쩌면 어제도 나는 사랑을 실패했다. 아내에게도, 아이에게도, 부모님에게도 충분히 사랑한다 말하지 못했고, 성심껏 다정하지 못했고, 잡념에 사로잡혀 눈앞에 있는 사랑을 놓친 순간도 있었다. 그렇게 매일을 돌아보면, 나는 매일 사랑에 실패하고 있다. 그저 내일은 조금 더 잘 사랑해야지, 미안하다 말하고, 고맙다 말하고, 또 조금 더 사랑해내야지, 그렇게 생각할 따름이다.

내게 주어진 하루도, 내 곁에 있는 사람도, 나 자신도 더 온전히 사랑하고 싶지만, 나는 사랑에 매일 성공하지는 못하고 있는 것 같다. 그렇기에 사랑을 이야기한다는 것은 아무래도 낯부끄러운 일이고, 약간 오만하거나 모험을 하는 일처럼도 생각된다. 그럼에도 내가 이 시절, 오늘 하루, 언제나 무엇을 가장 쓰고 싶냐고 묻는다면, 역시 사랑을 쓰고 싶다. 사랑을 잘 해내며 살지는 못하더라도, 사랑을 이야기하고 싶다. 내일 조금은 더 나은 사랑을 하길 바라며, 사랑을 생각하고 싶다. 어제 내가 해냈던 작은 사랑의 조각을 기억하고자, 사랑을 적고 싶다.

사랑은 지극히 개인적이고, 사랑의 경험은 저마다 다르다. 누군가는 사랑이라 부르는 것을, 누군가는 사랑이 아니라고 말하기도 한다. 이 책에 내가 담아낸 사랑 이야기도 누군가에게는 와닿을지 모르고, 누군가에게는 다소 이질적일지도 모른다. 그래도 우리 모두는 그 무엇을 사랑이라 부르고 있다. 그 사랑이라는 단어 앞에서 설레거나 들뜨고, 어딘지 마음이 부드러워지거나 따뜻해지고, 마음을 기울이면서 그 속으로 들어가고 싶어 한다. 내가 써낸 이 이야기들도 그런 우리 모두가 알고 있지만, 각자 달라서, 무어라 딱 말하기 어려운, 그 사랑이라는 것의 한 조각들일 것이다.

이 책에는 그런 사랑에 대한 기록을 담았다. 때로는 너무 사랑하여 잊고 싶지 않았던 순간의 의미에 대해, 때로는 잘 사랑하는 일이란 무엇인지에 대해, 때로는 더 잘 사랑하고 싶은 마음에 대해 쓴 이야기들을 차곡차곡 모았다. 이 이야기 중 어느 하나라도, 나의 사랑 이야기를 넘어 당신의 사랑 이야기에 닿는다면, 어쩐지 벅차오르는 기분이 들 것 같다. 어쨌든, 우리 모두는 사랑하며 살아간다는 걸 다시 느낄 수 있을 것 같기 때문이다. 나의 사랑도, 당신의 사랑도 어디쯤에서 만날 일이 있을 것이다. 그 만남의 장소가 여기 에세이들이 모인 작은 집이어도 참 좋을 것 같다.

차 례

프롤로그 사랑의 습작　　　　　　　　　　　005

1.

나를 이해해주는
단 한 사람이 있다면

— 사랑의 온기

사랑과 이해의 관계　　　　　　　　　　　015

사랑이 하는 일들　　　　　　　　　　　018

삶이란 의존하는 것　　　　　　　　　　　021

마음을 여는 일에 관하여　　　　　　　　024

정성을 알아주는 사람　　　　　　　　　　028

고통의 연대에서 시작되는 관계　　　　　031

사랑에 굴복하는 순간　　　　　　　　　　034

누구나 자신이 쓸모 있는 존재이길 바란다　038

괜찮아, 화해할 수 있으니까　　　　　　　042

나는 당신에 관해 아무것도 모른다　　　　045

삶에서 낭떠러지가 도래하는 순간　　　　049

자기방어를 위해 쌓아올리는 성벽　　　　054

노래 불러주는 일　　　　　　　　　　　057

우리를 이루며 살아간다는 것　　　　　　060

100%를 바라던 나날에서 멀어지기　　　　063

사랑이 두려움을 밀어낸다　　　　　　　067

땅콩 할아버지　　　　　　　　　　　　070

2.

사랑으로 채운 순간

— 사랑의 시절

저마다의 시절들을 사랑하기   079

힘을 낸다는 것   082

삶을 사랑하는 사람이기를   085

웃음의 저장고를 채우며 살아가기   088

인생의 흔한 착각   091

하루 중 내가 좋아하는 시간   094

현재와 과거의 겹침   097

이 순간의 다정함이 전부   100

어느 존재의 등을 바라보는 일   104

셋이 되어가는 방식   108

일상을 다독이며 조금 더 잘 살아내기   112

작은 호의들로 채워가는 삶   115

삶의 진행 속도에 대해 이질감을 느낄 때가

자주 있다   118

타인을 상상하는 방식   121

3.

다정한 마음이 남는다 — 사랑을 지키는 법

삶을 삶답게 만드는 것	127
사랑이란 선언적인 것	130
무언가를 줄 수 있는 사람	133
다정함이란 흉내 내는 것	136
그저 계속 지금 여기에 마음을 쏟으며 살아가기	139
마음을 기울인 만큼 삶이 된다	142
사랑이라는 말에 집착하지 않기	146
좋은 대화의 방법	150
사랑에는 정성을 들인 시간을 써야 한다	154
인생은 트레이드 오프	157
당신이 사랑하는 것을 나는 사랑하지 않아	160
이야기가 삶을 구해내는 순간	163
사랑과 삶의 관계	166
삶을 멀리서 보는 것과 가까이에서 보는 것	169
자기 이익밖에 남지 않는 삶에 관하여	172
우리는 화목하니까 괜찮아	175

4.

살아간다는 것은 사랑하는 것이다

— 다시, 사랑

다정함을 잃지 않은 삶   181

사랑하는 자는 비밀스럽다   184

사랑이 주는 신비로운 경험   187

주인공으로 만들어주는 사랑   191

결국 사랑이 모든 것을 괜찮게 만들어줄

것이다   194

이유가 필요 없는 상태   197

여기가 삶의 목적지   200

이별을 생각하는 마음   205

새벽의 파수꾼   209

지금 사랑하니까 다른 건 아무래도 좋아   212

사랑하는 것이 좋다   215

삶의 두 가지 방향   218

삶에 사랑이 없는 것을 가장 두려워해야 한다   221

친절한 마음을 베풀 수 있는 힘   224

행복에 관하여   227

삶에서 가장 얻기 어려운 것   232

어느 한산한 바닷가에서   236

1.

나를 이해해주는
단 한 사람이 있다면

: 사랑의 온기

사랑과 이해의
관계

"당신이라면 왠지 나를 이해해줄 것만 같았어요."

사랑과 이해를 떼려야 뗄 수 없는 경우가 있다. 세상 모두가 나를 온전히 이해하지 못하는 것 같고 내가 하는 말이나 생각이 모두 다른 이에게서 빗나가고 있다고 느껴질 때, 그런 나를 정확하게 이해하며 고개를 끄덕여줄 누군가에게 갖는 기대는 곧 사랑이 된다. 그러면, 오직 그이기 때문에 나를 이해할 것이라는 믿음은 사랑의 가장 확실한 증거 중 하나가 되곤 한다.

사랑과 이해의 관계는 반대로 작동하기도 한다. 그러니까 나라면 그를 누구보다 잘 이해할 수 있다고 믿는 것 역시 사랑이 싹트는 토양이 된다. 나는 다른 누구보다 그를 잘 안다. 무엇보다도 그와 나의 묘한 공통점 때문에, 그에게서 느끼는 동질감 때문에, 그를 안다고 느낀다. 내가 당신을 알아줄 수 있다는 이 특별한 느낌은 내가 당신에게 필요한 존재일 거라는 믿음과 관련되어있기도 하다. 나만이 당신을 알고, 내가 당신에게 필요하기에, 나는 당신을 사랑한다.

사랑이 이루어지는 측면은 다양하다. 누군가는 단지 사회적으로 빛을 받는 이들을 선망하면서 사랑하고, 또 누군가는 그가 보장해줄 물질적 풍요 때문에, 혹은 그가 가진 동시대적이고 외면적인 매력 때문에 사랑에 빠지기도 한다. 그러나 나는 늘 사랑이 이해와 맺는 관계에 이끌림을 느꼈다.

우리는 누군가를 이해하거나, 누군가로부터 이해받을 때 사랑하게 된다. 그리고 이런 사랑은 다른 종류의 사랑과는 다소 차이 나는 측면이 있는 듯하다. 바로 그런 이해받음과 이해해줌을 통해 우리의 상처가 치유되고, 우리는 스스로 보다 나은 인간이 되며, 삶 자체가 보다 부드러운 지평으로 상승하는 것 같은 느낌이 들기 때문이다. 사랑이 우리를 더 나은 존재로 만든다면, 그것은 받아들여짐과 관련되어있고, 받아들여짐 중에서도 가장 깊은 이해와 관련되어있을 것이다.

어떤 사랑만이 진실한 사랑이고 어떤 사랑은 거짓이라든지, 어떤 사랑은 더 좋은 사랑이고 어떤 사랑은 나쁜 사랑이라든지 하는 식으로 말할 수는 없다. 다만, 많은 경우 사랑을 대하는 태도 자체는 각자가 삶을 대하는 태도와도 깊게 연관되어있다. 스스로의 삶을 보다 이해하고, 자기 자신을 알고자 하며, 보다 온전한 이 삶 속에서의 자기 자신으로 성숙해가고 싶은 사람에게 사랑은 그에 부합하는 무엇이 된다. 그럴 때, 사랑은 늘 더 큰 것을 이해하고 이해받고자 하는 욕망 속에서 작동할 것이다.

그래서 간절하게 이해받고 싶은 욕망 속에서 누군가를 사랑하고자 할 때, 혹은 누군가를 진실로 이해하고 싶은 마음으로부터 사랑을 시작하고자 할 때, 나는 그들의 사랑뿐만 아니라 어쩐지 그들의 삶 자체, 그들의 존재 자체를 응원하는 마음이 든다. 그들이 이해해가는 과정을, 이해하고자 하는 욕망을, 이해받고자 하는 심정을 나 또한 이해하기 때문일 것이다. 그 마음은 결코 틀린 것이 아니며, 오히려 삶의 진실을 향한 여정 그 자체라 생각한다고, 나는 늘 그렇게 믿어왔다는 말을 건네고 싶다. 우리는 이해하고 이해받기 위해 살아가며 사랑한다.

사랑이
하는 일들

　삶에는 사랑이 필요한 시기가 있는 것 같다. 세상에 홀로 남아있는 듯한 기분을 떨쳐낼 수 없고, 세상과 맞서 홀로 살아남아야 하는데 그 싸움이 너무 버겁게만 느껴질 때. 무언가 손에 쥐고 싶어서 애쓰고는 있는데, 삶에 확신이 들지 않고, 어디로 가는지 잘 모르겠고, 어디로 가야 할지 알 수 없어서, 하루하루가 손가락 사이로 빠져나가는 것 같은 느낌만 들 때. 삶이 이어지고는 있지만 어딘지 지지부진하게만 느껴지고 삶이 이대로 흘러가도 괜찮은 것인지 의구심이 들면서도, 그저 관성대로, 다소 무미건조하게 살아가는 나날들이 이어질 때, 그럴 때 사람은 사랑을 필요로 하고 사랑을 만나는 듯하다.

　매일 홀로 세상과 너무도 처절한 싸움만을 이어가면서, 불안과 걱정 속에서 거우 스스로를 붙잡고 있을 때 만나게 된 사랑은 기적처럼 느껴진다. 세상에 나를 좋아해주고, 반겨주고, 나 같은 인간도 아껴주는 사람이 생긴다는 것은 삶에서 사랑을 만나는 가장 특별한 순간 중 하나일 것이다. 달라진 것이라고는, 그저 이 드넓은 세상에서, 이 거친 현실에서, 이 끝없는 경쟁 속에서 사랑하는 사람이 한 명 생긴 것일 뿐인데, 어째서인지 삶이 새로 시작되는 듯한 기분이 든다. 삶을 다시 더 좋은 것으로 만들어갈 수 있을 것 같고, 지지 않을 수 있을 것만 같다. 갑자기 부자가 된 것도 아니고, 유명해진 것도 아닌데, 그저 다 괜찮아진다.

매일 어디로 가는지 알 수 없고, 어디로 가야 하는지조차 모호할 때 알게 된 한 사람의 존재는 삶의 표지판이 되어준다. 나의 고민이나 불안을 온전히 들어줄 존재이자, 내가 가장 귀기울여 듣게 되는 말을 해주는 존재가 생긴 것이다. 혼자였다면 그저 이리저리 흔들리며 무엇을 해야 좋을지 몰라 거우 버텨나가는 하루였겠지만, 이제 어느 쪽이든 삶을 결정할 만큼의 힘이 생긴다. 나는 이렇게 살고 싶어. 내게는 이런 꿈이 있어. 어떻게 생각해? 내가 할 수 있을까? 내가 이대로 가도 좋을까? 내 생각에는 너라면 할 수 있을 거야. 네게는 그것이 어울리는 것 같아. 아니면 내 생각에는 조금 다르게, 이렇게 해보는 게 더 좋을 것 같아. 조금은 다른 길을 걷는 것도 괜찮을 것 같아. 그런 이야기를 진심으로 나눌 수 있는 존재가 생긴다는 것만으로도, 기적과 다르지 않다.

그저 관성 어린 삶을 살아가고 있을 때, 무엇을 향해 가는지 모른 채 삶을 의무적으로 이어가고 있을 때 만나게 된 사랑은 내 삶의 더 중요한 부분을 깨우치게 한다. 내가 진짜 살고 싶은 삶, 내가 진짜 갖고 싶은 시간, 내가 진짜 함께하고 싶은 인생의 모양 같은 것들에 홀리게 만든다. 삶에는 무엇이든 더 좋은 목적이랄 게 생긴다. 너와 함께 더 많이 여행을 하고 싶어. 너와 함께 더 넓은 세상을 거닐고 싶어. 너와 함께 더 안정적인 환경에서 더 단단한 행복을 누리고 싶어. 너와 조금 더 넓고 높은 곳에서 안락한 삶을 살고 싶어. 그런 이미지가 삶에 들어선다.

아마 사랑은 그런 일들을 하지 않나 싶다. 사랑이라는 게, 어느덧 그저 얼마나 스펙 좋은 사람들을 잘 고르느냐의 문제로 바뀌어버린 세상 같기도 하지만, 그래도 나는 진짜 사랑 같은 것이 있다고 믿는다. 그런 진짜 사랑이 삶에서 하는 일들이 있다는 걸 알고, 믿고 있다. 지금도 누군가는 그토록 사랑이 소중하여서, 삶의 진실을 엿보는 듯한 마음을 전해주는 사랑이라는 걸 하고 있을 것이다.

삶이란
의존하는 것

삶이란 혼자서 이겨내고 살아야 하는 것이라고 오랫동안 믿었는데, 갈수록 그런 믿음이 잘못되었다는 걸 느낀다. 삶은 너무나 철저히 서로 의존하는 일이고, 최후의 순간까지도 어느 누군가를 필요로 하는 일이 아닐까 싶다. 청년 시절에야, 혼자 살고, 혼자 돈 벌면서, 혼자 만족하고, 그렇게 영영 오로지 나로서만 살아간다고 믿었지만, 살아갈수록 삶의 모든 구석구석에서 서로를 도와야 하고, 서로 기댈 수 있는 사람이 필요하다는 걸 느낀다.

사실, 타인에게 무언가를 부탁하고, 물어보고, 요청하는 일이 나에게 그리 익숙하지는 않다. 그보다는 그저 내가 하고 싶은 일에만 집중하고, 타인에게 의존하지도 않고, 타인도 나에게 의존하지 않는 그런 단독자적인 생활 방식이 언제나 편했다. 그런데 지난 몇 년간, 지금까지의 내 삶은 온통 여기저기서 내밀어주는 손길들로 점철되어 있었다고 느꼈다. 그럴수록, 나도 끊임없이 많은 사람들에게 손을 내밀어야 한다는 생각이 든다. 삶이란 홀로 고고하게 서있는 게 아니라, 서로 손을 부여잡고 걸어가는 일에 가깝다.

물론, 그러한 '손잡기'가 꼭 영원히 이어지는 건 아니다. 시절마다 서로에게 도움을 주고, 귀를 기울여주고, 그러다가 또 시절과 함께 떠나보내는 일이 오히려 더 잦다. 그럼에도 그 사람들 없이는 그 시절이 존재할 수도 없었다는 것을 여러모로 느끼게 된다. 더 이상 잘 연락하지는 않지만, 내가 대학원을 다니던 시절, 학교 사람들에게 얼마나 의존했고 그들을 좋아했는지를 시간이 흐르면서 알게 된다. 그 시절이 끝난 뒤에는 또 다른 사람들이, 또 지금에는 그 이전에 없던 사람들이 서로 기댈 어깨가, 들어줄 귀가, 때로는 토닥여줄 손길이 되어준다.

삶이란 홀로 고고히 서있는 바탕 위에서 타인들과 적당히 관계 맺으며 살아가는 것은 아닌 듯하다. 그보다는 절실히 타인들에게 기대어 있는 것이다. 매 시절마다 있는 그 몇 사람 때문에 그 시절이, 그 시간이 살아지고 정의된다. 영원한 인연은 없기에 그들 또한 곧 멀어질 테지만, 그래도 한 시절을 그들에게 의지하며 돌다리를 건너가는 것만은 확실하다. 나라는 존재의 배를 타고 인생을 나아가는 것이 아니라, 시절마다 각기 다른 타인이라는 배를 건너 타며 살아가는 것이다. 우리는 '자아'의 확고함을 너무 믿도록 길들여져서 이런 생각이 익숙하지 않을 수 있지만, 아마 그런 자아는 환상일 것이다. 타인 없이 홀로 존재하는, 그런 자아는 없다.

내가 당신들 없이는 살아갈 수 없다는 것, 그렇게는 삶 자체가 성립조차 할 수 없다는 사실을 인정하려고 한다. 그래서 과감하게 의존하고, 또 타인이 나에게 의지하는 일도 받아들인다. 우리는 이 시절 같은 배를 탔고, 서로에게 의존하도록 되었으며, 그리하여 이 시간을 살아낼 것이다. 그리고 이 시절이 지나면 또 당신을 다른 곳으로 떠나보낼 것이다. 그러나 삶이란 보다 광대하리만치 관계적이어서, 이 시절 내가 기대고 있는 당신들이야말로 삶의 본질이라고 믿게 된다. 나를 있게 했던 그 모든 사람들이 종종 생각난다. 그들이 곧 내 삶이었고, 나였던 것이다. 그 외에 별도의 나란 존재할 수 없었다. 내가 남긴 글들조차 그 글이 닿은 당신들에 의존하고 있었던 셈이다. 매 시절마다 다른, 그 당신들에게 말이다.

마음을 여는 일에
관하여

사람의 마음에는 다소 이상한 데가 있어서, 아주 오랜 시간 동안 마음을 열지 못하는 일들이 있곤 하다. '그런 이야기를 한들 누가 제대로 이해하겠어. 그저 알량한 동정심이나 베풀고 말겠지. 그저 일반적인 이야기라고 생각하고 적당히 이해하는 척이나 하겠지. 누가 나의 '고유한 상처'를 진심으로 이해할 수 있겠어.'라는 식의 생각이 거의 평생 이어지기도 한다. 남들은 아무렇지 않게 자기 이야기를 풀어놓고, 고해성사를 하고, 심리상담가를 찾아간다지만, 가끔은 그 모든 게 바보 같아 보이기만 한다. 어째서인지 그런 일반적인 방식으로 나는 도저히 이해받을 수 없을 것만 같다.

어쩌면 일종의 타인에 대한 불신이라고 할 법한, 자기 생각의 뫼비우스 띠 같은 것 속에 갇히는 일이, 삶에서 몇 번쯤은 일어나는 듯하다. 왠지 남들과 다 똑같은 방식으로 이해받는 것만으로도 모욕같이 느껴지고, 참을 수 없고, 오히려 더 화가 나는 것만 같은 경험 말이다. 그러다 보니, 자기에 대해서는 더 솔직하게 이야기하지 않게 되고, 더 감추고 숨기면서, 더욱 타인들을 불신하면서, 끝까지 자기 안의 상처와 기억을 품고, 이 세상을 적대시하는 일까지도 일어난다. 어쩌면 수많은 사람들이 기억과 자아를 다루는 방식일지도 모른다.

청년 시절, 나도 비슷한 길을 걸었다. 내가 겪는 고뇌 같은 것들을 손쉽게 이해할 수 있는 존재란 어디에도 없을 거라 믿었다. 사람들이 흔히 모이는 술자리에서는 물론이고, 자기 상처를 고백한다는 종교 공동체에서의 시간이라든지, 나보다 더 많이 공부하고 더 많은 것을 느꼈다고 하는 선배 어른들과의 자리에서도 나를 이해하는 사람은 만날 수 없을 거라고 생각했다. 내가 실제로 얼마나 대단하고 복잡한 경험들을 했는지와는 무관하게, 그렇게 자기 안에 깊이 빠져드는 데 습관이 되어서 타인이 나를 바라보는 방식 자체를 불신하곤 했다.

내가 진정으로 이해받는다고 믿었던 것은 연애가 거의 유일했다. 나에 관해 무한히 이해하고자 애쓰는 사람을 만나게 되는 일이란, 그래서 소중한 경험이었던 것 같다. 비로소 이해받을 수 있는 가능성이 열리고, 아무리 사소한 감정이나 생각도 함께 고민해주는 사람이 생긴다는 건 삶에서 유일무이한 순간들을 이루지 않았나 싶다. 나의 밑바닥 근처에 있는 마음, 욕망, 오만, 죄책감, 우월감, 열등감, 모욕감, 의연함, 공격성 같은 것을 서로 진심으로 이해해주고 싶어하는 사람을 만나는 일이란, 사실 기적에 가까운 일일지도 모른다. 그리고 사람은 바로 그런 순간을 서로에게 만들어주는 다른 누군가를 위해서라면, 비로소 자신의 삶도, 시간도, 마음도 온전히 내어주는 것 같다.

영성으로 가득한 어느 성직자 앞에서 눈물로 고해성사를 하거나, 학식과 감성이 뛰어나다는 현인 앞에서 모든 걸 털어놓거나, 전문적인 치료 기술을 배웠다는 사람 앞에서 펑펑 울면서 자기 마음을 내어놓거나 하는 일들을 누군가는 하기도 할것이다. 하지만 어느 누군가는 타인의 진심 어린 사랑 혹은 상냥함 앞에서만 비로소 마음이 열린다. 이 사람은 내게 참 다정하구나. 이 사람의 상냥함이라면 믿을 수 있겠구나. 그러면 이 사람이 얼마나 똑똑하거나 대단한지를 떠나서, 비로소 마음이 열리는 것이다. 그리고 내가 아는 한, 사람은 바로 그렇게 만들어져 있다. 서로의 상냥함 앞에서 비로소 방패와 창을 내리고 자기 스스로를 용서하며, 삶을 적대시하는 일을 그만두게 된다.

아마 인간의 삶이라는 것은, 어떤 면에서는 대단한 욕심이나 정복과 승리가 있는 영역이 있겠지만, 다른 한편으로는 그저 평생의 상냥함을 찾아나서는 일이 아닐까 싶기도 하다. 살아가면서 틀어막히는 마음들이 어느 시절마다 만나는 인연들 앞에서 무너져내리고, 마음과 마음이 닿고, 그리고 다음 시절로 건너가고, 자기 안에 갇혀 쌓인 타인들에 대한 불신을 털어내며, 삶의 다정함을 받아들이게 되는 과정이 삶일지도 모른다. 삶이 그런 것이라면, 꽤나 살 만한, 멋지고 아름다운 구석이 있는 셈이다.

정성을 알아주는
사람

삶에는 자신의 정성을 알아주는 사람이 꼭 있어야 하는 것 같다. 내가 대단하다고 우러러봐줄 사람이 아니라, 나의 정성을 알아줄 사람 말이다. 서툰 솜씨로 차린 음식이어서 실제로는 형편없을지라도, 그 마음과 시간을 알아주는 사람. 유려한 필체나 문장은 갖고 있지 못하지만, 정성을 담아 꾹꾹 눌러쓴 편지에 눈물 흘려주는 사람. 비싸지 않더라도, 마음을 다해 고른 악세서리 하나를 받고 진심으로 기뻐해줄 사람. 이처럼 나의 시간과 마음과 애씀을 알아주는 사람이 한 명, 혹은 두어 명쯤 있어야 한다는 생각이 든다.

매일의 애씀이나 정성을 알아주는 사람만 있어도, 인생에서 말도 안 되는 망상을 좇거나, 끝도 없는 것을 욕망하는 일은 줄어드는 것 같다. 그러나 자기 삶의 애씀이나 정성을 매일 확인받지 못하는 사람은 더 큰 것, 더 대단한 것, 더 칭찬받고 더 인정받을 수 있는 거대한 것을 인생 내내 좇게 된다. 물론, 그런 사람 중에서는 실제로 삶의 작은 인정이나 사랑에 스스로 만족하지 못해서 과한 욕심을 좇는 사람도 있을 것이다. 그러나 오늘을 확인받고 오늘 속에 마음 한 움큼이라도 머물 여지가 있다면, 대개는 그 삶이 너무 허망한 곳으로 흘러갈 일은 적어지는 듯하다.

매일 오늘 하루도 수고했다고, 애써줘서 고맙다고, 당신의 마음을 안다고 말해주는 사람의 존재란, 그래서 참으로 소중하다. 대개의 삶이란, 그렇게 서로를 진심으로 토닥여줄 사람 몇이면 채워지는 것 같다. 그런 서로에 대한 마음을 이어가는 것은 또 별개의 문제겠지만 말이다. 그래도 나의 대단함이나 능력이나 위대함보다 나의 나약한 애씀이나 어설픈 정성이나 마음을 다한 작은 순간들을 들여다보고 이해해주고 기억해주는 사람의 존재가 없다면, 이 삶도 금방 메마른 낙엽처럼 되어버릴 것이다.

사람 마음이라는 것은 어느 단계를 넘어서면 그 부드러움으로 중요한 것과 그렇지 않은 것을 가려낸다. 가령, 마음이 받아들여지기 시작하면, 그 이전에 내가 그토록 집착했던, 어떤 쓸데없는 옳음이라든지, 기준이나 목적 같은 것들도 눈 녹듯이 사라지는 경우들이 있다. 내가 그렇게 내 안의 어떤 관념에 집착했던 이유는, 알고 보면 어떤 결핍 때문이었고, 내 마음이 충분히 부드럽지 못한 탓이었다. 그래서 스스로를 지킬 요량으로 무언가를 붙잡고 있던 것이었고, 그러다 보니, 심지어 나도 모르게 타인에게 폭력을 저지르는 일들까지도 있었다는 걸 깨닫는 순간이 삶에는 몇 번쯤 있게 된다. '왜 그렇게까지 살았을까. 왜 그렇게까지 했을까. 왜 그렇게 사로잡혀 있었을까.' 하면서 스스로를 의아해하는 순간이 있고, 그 순간은 대개 나도 모르게 마음이 부드러워져 있는 때인 것이다.

그렇기 때문에, 살아가면서 서로의 작은 정성 어린 마음들을 포착하고 이해하고 받아들이는 사람들을 찾으며 사는 것이 좋을 듯하다. 서로의 하루하루를, 어떤 마음을, 지나가는 시간을 덜 허망한 것으로 만들어주는 그런 사람들을 얻어간다면, 그 삶은 꽤나 풍요롭고 좋은 삶이 되는 게 아닐까 싶다. 대개 삶이나 사람, 혹은 마음의 문제들이란, 곁에 그런 동료들이나 친구들, 혹은 가족을 두지 못한 데서 오는 게 아닐까 싶기도 하고 말이다. 서로의 눈을 바라보는 것만으로도 상대의 수고로움을 이해하며 위로할 수 있는 사람을 인생에서 몇 명쯤은 꼭 만나야 한다고 믿는다.

고통의 연대에서
시작되는 관계

타인과 좋은 감정을 공유하기 위해서, 때로는 그에 앞서 고통을 공유해야 한다는 생각이 들 때가 있다. 사실, 세상에 고통 없는 삶이란 존재하지 않는다. 어느 삶에든 어렵고 힘든 부분이 있기 마련이어서, 그런 부분을 알지 못하는 관계란, 어딘지 연약한 관계에 불과한 게 아닐까 싶다.

때로는 타인에게 좋은 모습만을 보여주고 싶다. 나아가 굳이 타인에게 약점을 잡힐 필요도 없고, 고통을 과장한다든지 칭얼대고 싶은 마음도 생기지 않는다. 그럼에도 어쩐지 자기 자신의 약점이나, 삶의 고통에 관해 전혀 모르는 사람과의 관계란, 바람에 날아가버릴 것처럼 연약하다고 느껴질 때가 있다.

나는 대개 삶을 긍정적으로 생각하며, 자기가 놓인 조건을 싫어하지 않고, 자기 삶의 선택 속에서 가능하면 온전하고자 노력하는 사람들을 좋아한다. 하지만 그렇다고 해서, 고통을 숨기고 좋은 모습만 과장해서 보여준다든지, 삶에 어려움이 없다고 말한다든지, 힘겨움을 이야기하지 말아야 한다고 생각하는 건 아니다. 오히려 삶을 긍정하는 일의 밑바탕에는 늘 자기의 어려움을 담담히 인정하는 일이 깔려있다고 생각한다.

자기 삶을 긍정하고 타인과 온전하게 관계를 맺기 위해 가장 선행되어야 하는 것은 그런 '어려움을 인정하는 것'일지도 모른다. '나는 삶을 한탄하지 않아요. 내 삶이 잘못된 선택이라 생각하지는 않습니다. 내가 타인들보다 불행한 삶을 살고 있다고 생각하는 것도 아닙니다. 그러나 나는 나의 삶도, 당신의 삶도, 오히려 그렇기에 더 쉽지 않다는 것을 알고 있습니다.'라고 말하는 데서 삶도 관계도 시작되는 게 아닐까 싶은 것이다.

그러니 사실 행복한 사람들의 연대가 있다면, 그것은 서로의 고통에 대한 인정에서부터 시작될지도 모른다. 나아가 각자의 고통이 그저 고통으로 끝나는 것이 아니라, 때로는 웃어넘길 수도 있고 오히려 삶의 중요한 측면으로서 정확히 받아들일 수 있게 되어갈수록, 서로가 공유하는 삶의 지반이 단단해져서 더 진심으로 웃을 수 있는 관계가 되는 것 같다.

사람은 자신의 고통을 이야기하는 사람 앞에서 안도감을 느낀다. 나의 고통이 나만의 것, 내 삶이 잘못되었기 때문에 생겨난 것이 아니라는 사실을 알게 되기 때문이다. 나아가 그 고통이 발을 딛고 선 대지처럼 단단하게 우리 삶을 받쳐준다는 걸 알게 될수록, 더 진심으로 웃을 수 있게 되는 듯하다. 그러니 행복을 이야기할 때는, 고통에 관해 생각하도록 하자. 삶을 긍정할 때는, 그 어려움을 인정하도록 하자.

사랑에 굴복하는
순간

사랑에 굴복할 수밖에 없었던 것은 사랑이 주는 따뜻함과 포근함 때문이었다. 어째서인지 날이 잔뜩 서있는 것 같을 때, 몸에 가시가 돋아나고, 매일 칼바람에 얻어맞듯이 살아가는 느낌이 들 때, 사랑하는 사람을 만나고 눈을 보고 손을 잡으면 눈물이 쏟아질 것 같았다. 마음이 녹아내리고, 내가 있을 곳이 여기라고 확신하게 되는 순간이 있었다. 사랑이란 늘 그 순간에서 시작하여, 그곳으로 이르는 과정일지도 모른다.

알고 지내는 형은 결혼을 결심한 순간에 대해 비슷한 이야기를 했다. 해외에 출장을 갔다가, 한국으로 제대로 귀환하지 못할 뻔한 복잡한 고충을 겪고 한 달여 만에 한국에 겨우 돌아왔을 때, 연인이 김치찌개를 끓여놓고 기다리고 있었다고 한다.

그녀를 보는 순간 마음이 온통 녹아내려, 이대로 결혼해야겠다는 생각밖에는 들지 않았다는 것이다. 우리는 그런 순간의 기억 때문에 삶을 선택하고, 사랑을 결정한다.

사랑이 굉장히 야생적인 욕망을 불러일으키고, 거친 매혹을 뿜어내며, 한순간 사람을 휘어잡는 매력으로 묘사되는 경우가 많다. 그러나 누군가에게 사랑은 자신의 흥분을 폭발시켜주는 감정이라기보다는, 천국과 같은 다정함을, 둥지와 같은 따뜻함을 전해주는 장소 같은 것이다. 나 또한 아내와 있을 때 언곤했던 다정한 피로감, 마음이 퍼지게 해주는 안식이 좋아 시간을 함께했고, 결혼도 하게 되었다. 여전히 아내와 있는 시간은 편안하고 즐겁다.

그러나 때로는 그런 다정함을 유지하지 못할 때도 있다. 특히, 삶이 온갖 의무 때문에 피로로 점철될 때면, 다정함을 주는 방법도, 느끼는 방법도 잊어버리곤 하는 것 같다. 이런 순간들이 너무 많이 쌓이게 되면, 점점 사랑을 이 장소로 불러들이는 일도 어려워질 것이다. 그러니 다정함도 하나의 의례처럼, 다정함의 의식이 필요하다는 생각이 든다. 서로에게서 따뜻함을 느낄 수 있는 시간들과 방법들을 발견하고 이어나갈 필요도 있음을 느낀다. 아무리 바쁘고 피로하고 힘들어도, 지켜야만 하는 어떤 순간들이 있다고 생각하게 된다.

얼마 전 아내와 영화를 보러 갔을 때, 잠시 그런 생각을 했다. 요즘에는 어딜 가나 아이를 데리고 가기 때문에, 오랜만의 데이트였다. 연애 시절을 생각해보니, 나는 늘 '가그린'이나 마우스 스프레이를 가지고 다니며 밥을 먹은 뒤에 아내에게 권하곤 했다. 그러면 둘 다 조금 더 상쾌한 기분으로 데이트를 즐길 수 있으니 말이다. 그 외에도 사소한 배려들을 많이 했던 것 같다는 생각이 들었다. 그러나 요즘에는 데이트할 일이 자주 없고, 대개 밖에 나가면 아이를 챙긴다고 정신이 없기 때문에, 그런 몇몇 배려들을 잊고 지냈다는 걸 깨달은 것이다.

그래서 아내에게 가그린을 주려고 했는데, 아내가 먼저 필름형 '리스테린'을 건네주었다. 결국 가그린을 챙겨줄 필요는 없을 듯하여 그냥 가방에 넣어두었다. 그러면서 사실 우리는 일상에서 미세하게 서로를 챙겨주는 방법들을 그래도 제법 찾아낸 듯하다는 생각이 들었다. 연애할 때처럼 의식하고 있지는 않지만, 여전히 서로에 대한 다정함을 어느 정도 몸에 익히고 있는 것이다. 서로에게 마실 것을 챙겨준다든지, 서로를 위해 살림의 어떤 부분을 맡아 해준다든지, 상대를 위해 문을 잡아주거나 하는 사소한 일들을 말이다.

그렇게 보면, 같이 산다는 것은 그런 몸에 익은 배려의 기술들 없이는 불가능한 것이라는 생각이 든다. 알고 보면, 우리는 필수적으로, 당연하게도 서로를 계속하여 신경 쓰며 배려하고 있는 것이다. 연애 때는 다정함이 이례적인 순간이었다면, 결혼 후에는 그런 따뜻함은 일상이 되어버려 잘 느끼지 못하곤 하는 셈이다. 오히려 서로에게 다정하지 못한 순간들, 서로를 신경 쓰지 못하고 배려하지 못하며, 다소 차가울 수밖에 없는 피로한 순간들이 더 부각되기도 한달까? 그런 시간들을 잘 방어해서 좋은 일상을 유지하는 게 중요할 것이다.

다정한 대화를 많이 나누고, 서로를 챙겨주는 부분들을 늘려나가고, 또 이미 배려하고 있는 영역에 대해서는 다시 기억하고, 확인하며, 그렇게 살아갈 필요가 있겠다. 아니면, 가끔 세상에 나서서 된통 당하며 서로가 있는 가정이 얼마나 따뜻하고 소중한 곳인지 느껴보는 것도 좋겠다. 하루하루 삶을 유지해간다는 게 쉽지 않지만, 그래도 이곳이 세상에서 가장 다정한 곳이라는 사실을 알고, 그래서 더 따뜻한 곳으로 만들어가는 일을 게을리하지 않는 것보다 삶에서 중요한 것은 없다는 사실을 계속 기억할 필요가 있다.

누구나 자신이
쓸모 있는 존재이길 바란다

사람에게는 자신이 쓸모 있는 존재라는 느낌이 참으로 중요한 것 같다. 사람들은 편안한 것만 바라고, 게으를 수 있는 한 게으르기를 원하며, 무엇도 하지 않아도 좋은 상태만을 희망한다고 생각하기 쉽다. 하지만 반대로, 그런 상황에서는 오히려 스스로가 너무 쓸모없는 사람이라는 느낌이 들기도 한다. 나아가 권태롭고 자괴감이 들며, 무엇이라도 하면서 자기 존재를 확인받고 인정받고 싶어 하는 경우가 더 많을 것이다. 그래서 자신이 정말로 '쓸모 있는 존재'라는 느낌을 주는 것이 있다면, 피곤하거나 귀찮은 것도 모르고, 중독될 만큼 그런 존재감 혹은 인정에 빠져들기도 한다.

그런데 사람이 자신을 '쓸모 있는 존재'라고 느끼는 방식 자체는 또 천차만별인 듯하다. 주위의 부부들만 둘러봐도 느낄 수 있는데, 누군가는 집안일을 하거나 육아를 하는 일이 너무 하찮은 일이라, 자신이 이런 일이나 하려고 그렇게 공부하고 열심히 산 게 아니라고 믿는 경우도 있다. 반대로, 오히려 그렇게 가정을 돌보는 일에서 인생의 가장 큰 가치를 느껴서 사회 생활을 싫어하고 그만두고 싶어 하는 경우도 적지 않다. 누군가는 대중으로부터 얻는 인기에서, 반대로 누군가는 소수의 엘리트 집단에게 인정받을 때 스스로를 가장 쓸모 있는 존재라 느끼기도 한다. 누군가는 능력 있는 상사로부터, 누군가는 오랜 친구로부터, 누군가는 배우자나 부모로부터 그런 인정을 받아야만 '살아 있음'을 느낀다.

인생의 비극이라는 것은, 자신이 정말로 간절히 얻고 싶은 '쓸모'의 느낌을 정확한 곳에서 얻지 못할 때 생긴다. 대중적으로 널리 인정받고 싶은 사람이 그러지 못하고 소수 집단 안에서만 인정받으면 그는 평생 욕구불만에 시달린다. 반대로, 대중적으로 아무리 인기 있어도 교수 사회나 엘리트 문단에서 인정받지 못하여 피해의식에 시달리는 경우도 있다. 사회적으로는 널리 인정받지만, 집안에서는 배우자에게 무시당하고, 부모로부터도 인정 부족에 시달려 죽을 때까지도 지워낼 수 없는 결핍에 몸부림치기도 한다.

그렇기에 자신이 무엇으로 인정받기를 원하고, 누구에게 쓸모 있는 존재가 되길 바라며, 어떤 곳에 어떻게 속해 있어야 진정으로 살아있다고 느끼는지는 최대한 빨리 정확하게 알수록 좋다는 생각이 든다. 이것을 빨리 알지 못하면, 종종 인생 전체를 후회하는 경우도 생겨나는 것 같다. 아니, 의외로 그런 경우가 너무 많은 듯하다. 그런데 이것을 인생의 적절한 순간에 제대로 알기만 한다면, 아마 인생을 꽤나 괜찮은 것으로 만들어나갈 수 있는 몇 가지 방법이 있을 것이다. 적어도 내가 무엇과 타협하면 되는지 아는 것만으로도 삶의 방향에는 큰 도움이 된다.

가령, 누군가가 진정으로 원하는 것은 가까운 사람과 주고받는 애정에 기반을 둔 인정, 그러니까 거의 애정과 돌봄에 가까운 인정일 수 있다. 그러면 최대한 가까운 관계에서 그것을 실현해보려고 애쓰고, 파트너와 대화하고, 주변 관계를 만들어보려 노력해보면 좋을 것이다. 만약, 지금 곁에 있는 사람과는 도저히 그것이 불가능하면 최대한 빨리 헤어지거나 멀어지는 게 나을 수도 있다. 마찬가지로, 내가 원하는 게 그런 가까운 곳에서의 '가치 있음' 보다는 더 넓은 사회에서의 '쓸모 있음'에 가깝다면, 무슨 일이 있어도 사회와의 끈을 놓으면 안 된다. 계속 사회에 닿을 수 있는 끈을 찾아야 하고, 서둘러 복귀해야 하며, 한 살이라도 젊은 나이에 자격증을 취득하는 식으로 사회에 발붙일 수 있는 기반을 쌓아가야 한다.

이는 스스로 잘 이해하며 알아가는 것도 중요하지만, 그 '쓸모 있는 느낌'의 기준이 사람마다 천차만별일 수 있다는 것도 잘 알아야 할 듯하다. 나에게 중요한 것이 내 곁에 있는 사람, 혹은 다른 누군가에게는 중요하지 않을 수 있고, 나에게 중요하지 않은 것이 그에게 중요할 수 있다는 건 사실 '머리'로밖에 이해할 수밖에 없기 때문이다. 머리로, 억지로, 그저 인정하며 이해해야 하는 문제에 가까워서, 그 각자 중요한 것에 대한 '느낌'을 뛰어넘기란 참으로 어렵다.

그래서 각자 서로에게 무엇이 중요하고, 그것이 어떻게 다른지에 관해서는, 사소한 것 하나에서부터 일일이 확인할 필요가 있다. 그리고 마치 기계적으로 장부를 작성하듯이 서로에게 중요한 것이 무엇인지 알고, 외우고, 주입식으로 암기해야 한다. 사실, 그것이 대화이고 이해인 것이다.

누구나 자신이 쓸모 있는 존재이길 바란다. 그리고 그 쓸모 있음에 관해 스스로 얼마나 잘 아는지가 인생을 결정한다. 또한 서로에게, 상대에게, 각자에게 무엇이 중요한지 아는 것은 관계를 결정한다. 삶이란 그렇게 쓸모를 찾아나서는 일인 것이다.

괜찮아,
화해할 수 있으니까

"괜찮아, 화해할 수 있으니까."는 참 예쁜 말인 듯하다. 나의 말실수, 나의 잘못, 나의 어리석음, 나도 모르게 저질러놓은 일, 뜻하지 않게 상처를 준 일 같은 것들에 대해, 그 누군가가 그렇게 말해준다면, 참 좋을 것 같다. 누군가 화를 내고, 마음이 상하고, 미워하고, 기분 나빠할 때, "괜찮아, 화해하면 되니까. 감정이란 금방 다시 누그러지는 것이니까. 그보다 단단한 신뢰나 관계 같은 것이 사람 사이에는 있는 법이니까." 하고 말해준다면, 참 마음이 따뜻해질 듯하다.

관계에 대한 말들이 언제나 세상 사람들의 주의를 끄는 것은 그만큼 관계라는 게 어렵기 때문일 것이다. 누구에게도 관계라는 건 마냥 쉽지만은 않을 테니까. 가족 관계가 다소 수월하더라도 친구 관계는 어려운 사람이 있을 테고, 사회 생활은 그럭저럭 괜찮지만 연애만 하면 늘 뜻대로 되지 않는 사람도 있을 것이다. 항상 내 마음과는 반대로 가는 것 같고, 모두 내 잘못인 것 같고, 돌이킬 수 없을 것 같은 기분을 느끼는 경우도 많을 것이다. 그러나 아마 괜찮을 것이다. 화해할 수 있으니까, 다시 잘 지낼 수 있으니까 말이다.

한편으로는, 어쩌면 사람과 사람 사이에 한 걸음 물러난 곳에 존재하는 끈이 여러모로 옅어져가는 세상일지도 모른다. 조금이라도 기분 나쁜 일이 생기면, 금방 인간관계를 '손절'해버리고, 조금 불편한 데가 있으면 한순간에 '비호감'으로 규정된다. 그렇게 사람 사이의 문제라는 것도 서로의 사이에 존재하는 신뢰의 끈, 관계의 끈을 붙잡기 어려운 시대가 되어가고 있는지도 모른다. 그래도 어느 삶에나 '화해할 수 있으니까, 괜찮아. 안심해도 돼.' 하고 믿을 수 있는 관계를 만들어나갈 수 있기도 할 것이다. 누군가는 이미 있기도 할 테고 말이다.

나는 오랫동안 그런 말을 잘 믿지 못했다. 우정이건 연애건, 한 번 미움 받으면 끝이고, 한 번 미워하면 끝이고, 그렇게 인간관계란 민들레 홀씨 비슷한 것이라고 믿었던 것 같다. 그래도 근 몇 년간 결혼을 하고, 가까이에서 좋은 사람들을 알게 되면서, 그렇게 낮은 담들을 넘어가듯이 서로가 안심해도 되는 지점들을 이해하게 된다고 느낀다. 내가 조금 잘못하거나 실수하더라도, 조금 나쁘더라도 이어지는 끈이라는 게 있다. 반대로,

그 누군가 나에게 다소 기분 나쁜 무언가를 던졌다 하더라도, 이해하고 넘길 수 있는 믿음과 마음을 지니게 되어간다. 그렇게 인간 사이의 힘이라는 것, 혹은 인간 사이의 일이라는 것을 조금씩 알게 되어간다고 느낀다.

그러니까, 역시 괜찮다고 믿어도 좋을 듯하다. 화해하면 되니까, 이해하면 되니까 말이다. 삶이란, 그렇게 괜찮아지기도 하는 것이다.

나는 당신에 관해
아무것도 모른다

모든 일이나 사람을 대할 때, 오로지 자기 이익의 관점에서만 생각하는 사람들이 있다. 누군가에게 베푸는 호의도 알고 보면 모두 장기적인 이익을 위한 것이고, 실질적인 이익이 되지 않는 관계란 가치가 없다고 여긴다. 나아가 이들은 세상 모든 사람들이 자기와 같다고 생각하기 때문에, 타인들 행동 하나하나에서 그의 '이기심'을 찾고 냉소하길 좋아하며, 자기에게 베풀어진 선의도 늘 의심스럽게 바라본다. '다 나한테 얻을 게 있으니 그렇게 해준 것일 테지.'

사실, 나도 한때는 이것이 관계를 바라보는 통찰력이고, 인간의 욕망이란 모두 그런 식이라 믿으며 사람들을 바라볼 때도 있었다. 그런데 그런 사고방식이 바뀌기 시작했던 건 생각을 더 열심히 했거나, 스스로 마음을 바꾸어 먹었거나, 좋은 말씀을 들었기 때문은 아니었다. 오히려 그렇지 않은 사람들을 만나게 되면서, 세상에는 계산하지 않는 선의나 호의가 있다는 걸 직접 경험하면서부터, 점차 바뀌게 되었다.

실제로 가까이에서 그런 사람을 단 한 명만 보더라도, 그런 사람이 세상에 단 한 명이나마 존재한다는 확신만 느끼더라도, 이 '보편적 관념'은 바로 전복되어 버린다. 세상 '모든 사람'이 그렇지 않다는 것을 깨닫게 한 그 단 한 번의 경험은 이후로 타인이나 관계를 생각할 때, 기존의 습관이나 편견에 계속해서 딴지를 거는 것이다. 실제로 그런 경험 이후로, 나의 사고방식은 점점 바뀌어서, 이제는 사람을 오직 '자기 이익'의 관점에서만 보는 사람이 존재한다는 게 오히려 더 낯설게 느껴진다. 종종 그렇게 실제로 이야기하는 사람을 만나게 되면, 그 사람이 더 특이해 보이기도 하는 것이다.

생각해보면, 내가 그 이전에 한동안 '사람은 모두 자기 이익에 따라서만 행동한다.'는 시각을 가지게 된 계기가 있었다. 그런 시각은 대학 시절부터 이런저런 사회 경험을 하면서 받은 상처와 관련되어 있었다. 법을 어기면서까지 절대로 손해를 보지 않으려 했던 원룸 주인이라든가, 철저히 자기 이익에 따라 대학생들을 이용해먹으려 했던 기획사 사장이라든가, 자기 이익 위주로만 사람을 대하던 학원 원장 등을 보면서 '내가 순진했구나.' 하고 느꼈던 시점이 있었다. 그렇게 한동안 그것이 사회와 인간을 아는 것이고, 어른이 되는 것이고, 성장한 것이며, 통찰력이 생긴 거라 믿었다. 상처가 사람과 세상을 보는 시각을 왜곡시켰던 것이다.

그러나 반대로 그런 왜곡에 대한 치유도 사람으로부터 왔다. 순수한 선의로 나를 도와주고자 했던 대학원 사람들이라든지, 그저 나의 글을 좋아해주어서 어떠한 대가도 바라지 않고 좋은 기회들을 준 사람들이라든지, 타인을 위해 시간을 내어주고 기도하는 마음으로 살아가는 사람들을 보면서, 나의 관념은 금세 전복되었다.

그래서 요즘에는 사람을 볼 때도 내 마음대로 보는 편이다. 대체로는 그냥 그 사람의 순수한 선의나 호의, 마음을 믿어버리는 쪽으로 사람을 대하고 본다. 세상에는 아마 철저히 자기 이익에 따라 계산하고 타인을 이용하려고 하는 사람도 있고, 그로 인해 내가 피해를 입을 수도 있겠지만, 설령 그런 상황이 일어날지라도 그다지 신경 쓰지 않게 되었다. 어차피 사회 속에서의 일은 원칙과 법에 따라 하면 그만인 것이고, 사적인 생활에서는 그다지 대단한 배신을 당할 만한 일도 없기 때문이다.

그런 식으로 살아간 지 어언 십여 년은 되었을 것이다. 그런데 그렇게 살다 보니, 이 세상에 그다지 싫은 사람도 의심할 만한 사람도 없다고 느낀다. 이상하게 미워하는 사람도 없고, 나를 괴롭히는 사람도 없다고 느낀다. 아마도 자기 이익을 위해 나를 이용하거나, 그런 관점에서 대하면서 때로는 나를 비난했던 사람도 있을 것이다. 그러나 그들에 대해 내가 아는 건 아무 것도 없고, 모르다 보니 내 마음에는 아무런 해가 없고, 사람에 관하여는 그저 평온한 나날들이 이어진다.

삶에서 낭떠러지가
도래하는 순간

수년간 나아가 거의 평생에 걸쳐 올림픽을 준비했던 선수들은 올림픽이 끝나자마자 엄청난 공허감과 함께 우울로 떨어지는 경우가 잦다고 한다. 그래서 올림픽에서 실수나 실패를 했던 선수는 끊임없이 그 장면을 머릿속으로 되풀이하고, 메달을 딴 선수라도 강박적으로 '다음 올림픽'을 생각하며 어떻게 준비를 할까 고민하거나, 이제 당장 무엇을 해야 할지 고민에 빠지기도 한다는 모양이다.

전 국민적인 찬사를 받으며 금메달을 딴 선수라 하더라도, '올림픽 후'라는 낭떠러지 앞에서는 아찔할 법하다. 겉으로 보기에, 그들은 이미 명예를 거머쥐었고, 세계적인 성취를 거두었고, 나아가 적지 않은 부를 획득할 수 있는 조건을 얻었기에, 마냥 성취감과 기쁨에 들뜨고 행복할 것 같다. 그러나 사람이 그렇게 단순하지만은 않다. 무언가 지속적으로 평생에 걸쳐, 자신의 중심에서 이어나갈 수 있는 것이 없다면, 우리 인간은 너무도 쉽게 허무의 구렁텅이로 빠져들지도 모른다.

어머니가 나를 스무 살까지 키워내고 대학에 보내고 난 뒤에 느꼈을 두려움도 조금은 이해할 수 있을 것 같다. 삶의 가장 중요하고도 아름다운 시간을 나를 위해 바친 후에 어머니가 맞이했을, 자식에게 있어 가장 중요할 역할로서의 '엄마'가 종말에 다다른다는 공포를 이해할 수 있다. 그 뒤에 어머니는 참 많은 일들을 했고, 지금도 정신없이 살고 계신다. 나는 제발 좀 쉬시라고, 이제 그만 내려놓고 편안하게 여생을 보내시면 좋겠다고 이야기하지만, 그러기 힘들다는 것도 알 것 같다. 우리는 자신이 의미 있는 역할을 할 수 있는 존재이길 원한다. 인류에게든, 사회에게든, 타인에게든 그리고 자기 자신에게든 말이다. 무언가에 사로잡히길 원하고, 자신을 그 속으로 집어 던지길 원하고, 그것이 자기를 이끌어주기를, 그렇게 언제까지고 이끌려 갈 수 있기를 원한다.

그런 점에서, 순수한 자율성은 참으로 괴물 같고 무서운 것이다. 대학원에 처음 들어갔을 때, 나는 막연히 자유롭게 공부하는 상상을 했지만, 실제로 그 속에는 체계화된 시스템과 과정이 있었다. 공부란 그런 과정을 단계적으로 밟아나가는 것이었다. 사실, 인간은 그렇지 않으면 쉬이 버티지 못한다. 반대로,

그렇기에 무엇이든 버틸 만한 것이 되기도 한다. 학교든, 군대든, 회사든 마찬가지다. 무한한 자율성의 바다로부터, 인간은 늘 효과적으로 방어하여 인간을 적당히 기계적으로 만들어 왔고, 실제로 그것이 삶의 버팀목이 되었다. 인류는 대부분 그렇게 살아왔다. 자신도 모르게 어른이 되고, 선배나 상사가 되고, 아버지와 어머니가 되고, 할아버지와 할머니가 되고, 그러다 보면 머지않아 죽음을 맞이하는 것이 삶이다.

살아가면서 삶의 의미를 적극적으로 느끼고 매일을 소위 '열정적으로' 살아가는 사람과, 그렇지 못해서 부유하며 또 이 하루를 어떻게 보내야 할지 막막해하고 괴로워하는 사람의 차이가 있다면, 아무래도 목표의 유무일 것이다. 삶의 활기, 생생한 감각, 의미와 가치에 대한 확신은 많은 부분 그 사람의 목표에 따라 결정된다. 신체적인 아픔은 결정적으로 그러한 부분을 박탈시키기도 한다. 예를 들어 내가 아무리 목표를 가지고 노력하더라도, 언젠가 저 머나먼 땅으로 자유롭게 떠나 거닐 수 있을 거라는 장기적이고 본질적인 의미에서의 '목표', 즉 '자유'가 근원적으로 박탈될 때, 현실적으로 주어진 작은 목표들은 힘을 잃는다.

관건은 마음의 일관성이 아닐까 싶다. 삶에서 일관되게 추구하는 목표를 잃는 것은, 단순히 힘겨운 노동에 시달리는 것보다 훨씬 더 치명적으로 사람을 갉아먹는다. 삶의 공허는 바쁨이나 분주함과 반비례하지 않는다. 가장 바쁜 순간에도 공허한 사람이 있고, 가득 찬 사람이 있다. 가장 여유로울 때도 공허한 사람이 있고, 가득 찬 사람이 있다. 그런 차이가 어디에서 오느냐고 한다면, 역시 오랫동안 마음 둘 곳이 있느냐 없느냐의 차이에 있을 것이다. 내 마음이 살 수 있는 내 안의 작은 방, 일관된 목표, 나를 이끌어주는 지속적인 믿음이 있느냐 없느냐가 삶 자체의 질적인 느낌을 좌우해버린다.

그런데 그런 내면의 공고하고 일관된 힘이 없어도, 우리를 지켜주는 게 있다면 근거리의 관계들일 것이다. 가까운 사람들과 보내는 시간은 삶을 지켜준다. 그렇기에 사람들은 친구를 찾고, 모임을 만들고, 가정을 꾸리게 되는 듯하다. 나는 세상에 온갖 스터디와 동호회가 그렇게 많은 줄 최근에야 알았다. 사람들은 계속해서 주변을 구성하려 한다. 그들이 거기에서 얻는 건 단순히 외로움의 해소라기보다는, 자신에게 부여할 수 있는 모종의 형식이다. 공동의 목표라든가, 서로 '중요하다고 말하는 것'을 공유할 수 있다는 점, 자율성으로부터의 도피가 거기에 있고, 그것이 우리를 버티게 한다.

누구에게나 낭떠러지가 도래하는 날들이 있을 것이다. 그런 날들을 맞이하지 않기 위해 많은 장치들을 마련하고 마음의 힘을 지키려 애쓰겠지만, 그래도 우리의 힘이 떨어지는 순간들이 있을 것이다. 그럴 때, 우리를 곁에서 붙잡아주고 지켜주는 것은 역시 근거리의 관계들이 아닐까 싶다. 그런 관계들이 우리를 붙잡아줄 손이라면, 우리의 마음이 발 딛고 서야 하는 땅은 우리가 오랫동안 이어가야 할 삶의 어떤 가치들일 것이다. 그런 가치가 지탱되게끔 하는 가장 중요한 것 중 하나가 이른바 '목표'라고 해도 좋다. 우리는 그런 것들과 함께 살아가야 하는 운명에 놓여 있다.

자기방어를 위해
쌓아올리는 성벽

의사소통에서 가장 흔하게 일어나는 문제 중 하나는 내 기분에 따라 상대를 오해하는 일일 것이다. 사실 대부분의 경우 우리는 상대의 진짜 의도를 알 수 없다. 나의 상태에 따라 내가 짐작하는 상대의 의도가 달라지는 경우도 많다. 모든 의사소통에는 맥락이 있기 마련인데, 그 맥락은 말하는 사람뿐만 아니라, 듣는 사람에게 달려있는 경우가 더 많기도 하다.

그래서 좋은 대화를 할 줄 아는 일이란, 무엇보다도 상대의 의도를 선하게 들을 수 있는 능력이라 생각된다. 반대로, 상대의 의도를 내 멋대로 해석하고, 내가 느끼고 싶은 대로 느끼는데, 특히나 그 방향이 주로 부정적인 방향이라면, 제대로 된 대화가 가능할 리 없다. 상대의 말 한 마디 한 마디를 신경질적으로 받아들이면서, 일일이 나를 공격, 무시, 멸시한다거나, 나를 배제시키고 소외시키려고 한다는 식으로 생각하기 시작하면, 대개 끝도 없는 오해의 늪에 빠지게 된다.

아마도 사람에게는 자기 자신을 보호하고 보존하려는 본능이 있어서, 타인의 의도를 나쁘게 해석하는 것에 더 쉽게 이끌리는 것 같다. 일단 경계하고 보고, 일단 최악의 상황을 가정해보고, 일단 가능하면 조심스럽게 상대가 지닌 악의의 가능성을 염두에 두는 것이 자기 보존의 본능에 부합한다. 그러나 아이러니하게도, 자기 보존에 치중하면 치중할수록, 사람 사이의 관계는 틀어지거나 돌이킬 수 없어지는 경우가 많은 것 같다. 오히려 인간관계나 의사소통의 문제에서는, 그런 일차원적인 자기 보호 본능을 넘어서, 더 나은 관계가 나의 보존에 더 도움이 된다고 믿고 좋은 쪽으로 해석하는 '한 차원 높은' 자기 보존 본능이 필요할지도 모른다.

대개는 상대의 말에 어떤 악의가 담겨있다고 한들, 그것 자체가 나의 상상처럼 나에게 대단히 나쁜 무엇으로 다가올 가능성은 별로 없다. 상대가 그런 의도가 있었다 할지라도, 대개는 그냥 그런 의도가 있었던 말일 뿐이고, 그것으로 끝이다. 그러니 그런 측면에 과도하게 몰입하는 것은 반대로 스스로를 해치게 된다. 그럴 바에야, 웬만해서는 상대의 말을 좋은 의도로 해석하고, 아예 아무런 의도도 상상하지 않는 것이 더 나은 관계나 소통으로 가는 길일 것이다.

대개 상대의 나쁜 의도를 잘 캐치해내는 건 스스로 뛰어난 통찰력처럼 느껴지기 마련이지만, 그보다는 나와 관계 맺는 사람들의 '나쁜 심성'을 일관적으로 해석하여 구축하는 '자기 세계관 만들기' 쪽에 가까울 것이다. 그러니까 사실, 그렇게 타인들에게서 일관된 나쁜 의도들을 모아서 자기 세계를 만들어나가다 보면, 그것은 분명 통찰력의 기분과 구축의 느낌과 창조의 쾌감 같은 걸 주지만, 오히려 진실과 멀어질 가능성도 높다. 실제로는 어느 누구의 말도 그다지 일관적이지는 않기 때문에, 그렇게 스스로 만들어낸 '일관성의 세계관'은 그것 자체로 거짓일 가능성이 높을 뿐이다. 대부분은 자기방어를 위해 쌓아올린 성벽에 가까울 것이다.

그러니 가능하면, 대화 속에서 상대의 나쁜 의도를 찾아내려는 습관은 그다지 기르지 않는 것이 좋다는 생각이 든다. 웬만해서는 그저 좋은 의도로 한 말이겠거니, 별다른 의도는 없었겠거니, 하는 게 좋은 듯하다. 나아가 좋은 관계란, 그런 식으로만 만들어질 수 있는 것이기도 하다. 물론, 나 자신 또한 일부러 비꼬아서 말한다든지 나쁜 의도로 말하는 일이 없어야 하겠지만 말이다. 대개 관계라는 건 그런 식으로 서로 선해하며, 서로에 대한 관대함을 유지하고자 노력하며 더 나은 것으로 나아가게 되는 것 같다.

노래 불러주는
일

요즘 네 살배기 아이의 부탁 중에 가장 귀여우면서 이상하게 느껴지는 것은 "노래 불러줘."이다. 기차 노래 불러줘, 거미 노래 불러줘, 도깨비 노래 불러줘, 같은 말 아이가 종종 한다. 기차 노래는 〈은하철도 999〉 주제가이고, 거미 노래는 〈거미가 줄을 타고 올라갑니다〉이고, 도깨비 노래는 〈도깨비 나라〉이다. 아이가 노래를 불러달라고 하는 이유는 자신이 아직 노래 부를 줄 모르기 때문이다.

또래 중에는 노래를 제법 잘 부르는 경우도 있지만, 아이는 노래에 재능이 그다지 없는 것 같다. 겨우 〈곰 세 마리〉를 부르긴 하는데, 사실 노래라고 하기에는 많이 어색한 수준이다. 가사를 외워서 간신히 약간의 리듬을 타는 정도라서, 다양한 음의 높낮이를 구현하지는 못한다. 그럼에도 노래가 왜 좋은지, 노래를 들으면 어떤 기분이 드는지, 노래 속에서 무엇을 상상하는지는 몰라도, 그렇게 노래를 불러달라고 한다. 노래를 불러주면 아주 진지하고도 기분 좋은 것 같은 묘한 표정을 지으면서 무언가를 상상한다.

생각해보면, 어릴 적 나도 어머니한테 노래를 불러달라고 조르곤 했다. 주로 잠들기 전이었는데 〈섬집 아기〉 같은 노래를 들으면서 무언가 쓸쓸한 바다 풍경 같은 것을 상상하기 좋아했다. 노래는 그 속에 담긴 분위기와 가사로 무언가를 상상하게 한다. 마치 TV 만화를 보는 것처럼, 기차 노래를 들으면 눈앞에 기차가 지나는 것 같고, 거미 노래를 들으면 거미가 하늘을 올라가는 것 같다. 어릴 때는 상상과 영상이 명확하게 구분되지 않았던 것 같기도 하니, 아마도 노래를 듣는 것만으로도 마치 만화를 보는 느낌이 들지 않을까 짐작하기도 한다.

사실, 나의 노래 부르기 실력이란 그다지 훌륭하지 못하고, 약간 평균 이하라고 해도 좋을 정도인데, 그래서인지 아이라는 존재가 그렇게 내게 노래를 불러달라고 할 때마다, 묘한 감동 같은 걸 느낀다. 뭐랄까, 나는 누군가에게 노래를 불러줄 수 있는 존재구나, 노래를 불러주어도 되는 존재구나, 하는 생각이 든다. 제대로 된 감동을 느끼려면 가창력이 끝내주는 가수의 현란한 노래를 들어야 한다는 게 어른들의 통념이라면 통념일 것이다. 그러나 아이에게 노래는 그런 최상위 기술로만 감동을 얻을 수 있는 영역이라기보다는, 바로 곁에 있는, 자신을 지켜주는, 가장 가까운 존재의 음성으로 오히려 더 위안을 얻을 수 있는 것에 가깝다. 사랑하는 마음으로, 나를 위해 노래를 불러줘, 내가 사랑하고 나를 사랑하는 사람이 노래를 불러줘, 그렇게 말하는 것 같다.

나는 아내에게도 종종 노래를 불러주었다. 특히, 불면증으로 고생하던 아내를 세상에서 가장 잘 재우는 건 나였는데, 마치 어릴 적 어머니가 나에게 했듯이, 아내에게 노래를 불러주면 금방 쌔근쌔근 잠든 아내의 숨소리가 들리곤 했다. 요즘에야 아내는 아이랑 꼭 붙어서, 아이 숨소리를 들으며, 잠을 잘 자기 때문에 그럴 일은 별로 없다. 그래도 종종 차에서 노래를 부르고, 아내가 마음에 들어할 때면, 역시 기분이 좋다. 아마 나와 여동생을 안고 노래를 불러주던 어머니도 기분이 좋지 않았을까 싶다. 스피커에서 흘러나오는 유명한 가수의 노래보다도, 사실 일상에 있어야 하는 건 그런 노래들이 아닌가 싶은 생각이 들곤 한다. 아이는 언제까지 나에게 노래를 불러달라고 할까, 누가 언제까지 내가 불러주는 노래를 좋아할까, 그런 생각을 해보게 된다. 누군가에게 노래를 불러줄 수 있다는 건, 인생에서 꽤나 좋은 시절을 살고 있다는 증거 같은 게 아닌가, 싶다.

우리를 이루며
살아간다는 것

연애를 할 때, 당신에 대한 고마움은 나와 당신이 별개의 삶을 살아가는 존재라는 데서 왔다. 아무리 우리가 연인이라 선언하고, 믿고, 그런 사이로 지내고 있다지만, 당신은 당신의 삶에, 나는 나의 삶에 속한 존재들이었다. 당신을 사랑한다 하더라도, 내 삶이 더 중요할 수밖에 없다. 내 삶은 영원할 테지만, 당신이나 우리 사이는 영원하지 않을 수도 있기 때문이다. 결국 아무리 우리 사이를 소중히 생각한다 하더라도, 내 삶은 별도로 이끌고 가야 했다. 당신은 그런 '내 삶'을 응원해주고 도와주고 견디게 해주었기에 감사했다. 나 또한 당신의 삶에 그런 여러 도움을 주었겠지만.

그러나 이제 결혼을 하고, 함께 살게 되면, 나의 삶과 당신의 삶은 구별되지 않는다. 내 삶에만 별도로 집중한다는 것은 거의 있을 수 없고, 결국 내 삶이라는 것도 우리의 삶에 이르고 통합되는 연장선에 있는 것이다. 그래서 이 '우리의 삶'에서는 당신에 대한 고마움의 의미가 다소 달라지게 되는 것 같다. 그것은 당신이 나를 위해 무언가를 해주어서라기보다는, 우리를 잊지 않고, 우리를 위해 헌신해주고, 우리를 기억하며 우리를 위해 살아간다는 데 대한 고마움에 가까울 것이다. '우리'라는 이 추상적인 어떤 것을 함께 지탱해주는 고마움, 우리를 이룰 수 있게 해준 데 대한 감사함, 나에게 '우리일 수 있게' 해준 데 대한 신비로운 감정 같은 것을 느끼게 되는 것이다.

우리를 이룬다는 것은 정말이지 쉽지 않다. 자기 혼자 하고 싶다고 할 수 있는 것도 아니다. 우리를 이루는 데는 아주 특별한 종류의 의지가 필요하다. 그것은 이전까지 나를 중심으로 살아왔던 삶의 커다란 전환이자 대반전이고, 새로운 삶의 형식을 충격적으로 받아들이는 것이다. 그래서 당신이란, 그런 새로운 삶의 충격에 대한 완충제 역할을 해주고, 함께 손을 붙잡고 나아가며, 서로의 의지를 버티게 해주는 존재가 된다.

물론, 새로운 삶의 중심이 '나와 너'에서 '우리'라는 형식으로 바뀌었다고 해서, '나'나 '너'가 완전히 소멸되는 것은 아니다. 우리 안에서도 때로는 당신은 당신 자체로, 나는 나 자체로 드러나는 순간이 있어야 한다. 이러한 순간들 또한 우리는 서로에게 빚질 수밖에 없다. 당신만의 삶, 당신만의 특별함, 당신만의 고유한 가치와 소중함에 관해 또 진정으로 인정해주고, 가치를 수여해줄 수 있는 건 역시 서로밖에 없는 것이다. 그래서 우리에 대한 고마움은, 우리일 수밖에 없는 너와 나 각자의 특별함에 대한 고마움으로 다시 이어지며, 계속 융화되고, 흐르면서, 어떤 고유의 유동성과 융합을 이루어낸 것 같다.

이야기가 조금 복잡해졌지만, 결국 이 '우리의' 이야기는 서로가 각자로, 어떤 혼자만의 여로로 흘러가게 내버려두지 않는 데 있지 않을까 싶다. 서로를 붙잡고, 커다란 강이나 바다로 흘러가는 삶을 가능하게 해주었다는 데 '우리'가 있는 것이다. 내가 나인 채로만, 당신이 당신인 채로만 영원히 살 수밖에 없도록 두지 않고, 우리의 삶을 살아볼 수 있게 해준 그 모든 순간들에 대한 고마움을 지닐 수밖에 없는 것이다. 우리로 살 수 있게 해준 데 대한 고마움, 그 마음을 기억해야겠다는 생각을 한다. 그것을 가능하게 할 수 있는 건 오직 당신뿐이니 말이다.

100%를 바라던 나날에서
멀어지기

청년 시절 내내 나에게 씻기지 않는 갈망이 있었다면, 나와 소울메이트라고 할 법한, 완전히 같은 취향을 공유할 수 있는 친구를 얻는 것이었다. 이를테면, 내가 좋아하는 소설들에 관하여 구석구석 완벽하게 이야기를 나누고, 내가 사랑하는 음악, 영화, 철학에 대해서도 서로 모르는 것이 없어서, 그 모든 작품들을 비교해가면서 뼛속 깊이 공감하고 토론할 수 있는 사람이 없다는 사실에 결핍을 느꼈다. 언젠가 그런 사람을 꼭 만나고 싶고, 만나야 한다고 생각하면서 말이다.

그런 갈망은 꽤나 오랫동안 이어졌던 것 같다. 거의 십여 년 정도는 내 안에 들러붙어 있던 결핍이 아니었나 싶다. 그러나 그런 측면에서는, 내가 청년에 만났던 거의 모든 사람에게 실망할 수밖에 없었다. 아무리 문학과 예술, 철학을 사랑한다는 사람들을 여기저기에서, 대학원에서, 이런저런 계기로 만나 보았어도, 모두 나의 기대에 턱없이 모자랐다. 달리 말하면, 서로의 관심사랄 것은 약간의 교집합만 있을 뿐, 주된 방향은 각자 다르기 마련이어서, 내 안에 있는 어떤 이상의 실현 같은 건 늘 불가능했다. 이를테면, 어느 영화에 나올 법한 장면처럼, 밤새도록 커피와 술, 담배를 쏟아부으면서 온 세상의 예술과 학문과 지식과 진리에 관해 이야기하는 그런 소통 혹은 관계 같은 것은 없었다.

사실, 청년 시절이란 그런 턱없이 높은 이상에 매달리며 살아가는 게 아니었나 싶다. 스스로에 대한 기준도, 타인에 대한 기준도, 삶에 대한 기준도 다소 터무니없는 데가 있었다. 현실보다는 이상이 더 강렬한 시절이었다. 100%의 무언가를, 어떤 일치를, 깊이를 바라곤 하던 때였다. 그런 마음은 확실히 나이가 들면서 점점 누그러들더니, 어느 순간부터는 그런 100%의 만남 같은 건 바라지 않게 되었다. 그보다는 이 세상의 모든 사람의 다름에 대해 인정하고, 오히려 나와 다른 저 사람들에게, 충분히 나의 세계를 잘 이해시키는 것이 맞다고 생각하게 되었다. 잘 이해시키고 설명하고 전달하고, 반대로, 잘 이해하고 수용하고 그렇게 알아가는 게 삶이고 관계였다. 나와 100% 일치하는 사람이나 세계를 찾는 게 아니라 말이다.

아내와 살아가면서, 아내랑 참 잘 맞는다고 느끼는 순간들이 많다. 그저 서로 같이 거닐고 싶은 순간, 가고 싶은 곳, 같이 어딘가에 있어서 느끼는 즐거움의 일치, 재밌는 것을 함께 보는 마음, 맛있는 것을 함께 먹고, 큰 탈 없이 지낼 수 있는 것, 그것이 아마 어울림이라 생각한다. 하지만 그렇다고 해서, 내가 좋아했던 세상 무수한 소설, 영화, 음악, 철학들을 아내가 다 아는 것은 아니었다. 오히려 함께 만나면서, 서로가 좋아하는 것들을 부지런히 알아가게 되고, 그렇게 취향과 라이프 스타일이랄 것들이 뒤섞이면서 서로에게 맞추어져 갔다. 여전히 나는 내가 좋아했던 것에 관해 이야기하고, 때로는 그 좋아함에 관해 설명하곤 한다. 아내에게도 그런 말들을 들을 때가 있다. 그렇게 서로 이해하는 것으로 충분한 것이다. 그러면 서로의 세계가 서로에게 자연스레 어울리게 되어간다.

삶에서는 터무니없는 고집이나 이상에 갇혀 지내는 나날들이 있기 마련이다. 그런데 거기에서 한 발 물러나오면, 그 당시 너무도 중요하게 느껴졌던 것들이 별것 아니었다고 느껴지는 경험들을 하곤 한다. 그건 뭐랄까, 그 시절에는 도무지 머리로는 받아들일 수 없는 것이고, 실제로 그로부터 한발 뒤로 물러나야만 비로소 알 수 있는 차원처럼 느껴진다. 오르지 않으면 결코 알 수 없는 삶의 풍경도, 마음도, 다음의 단계라는 게 있는 것이다. 이 삶의 다음 단계 역시 있다고 생각하면, 그렇게 삶이란, 몇 계단을 시절마다 오르는 것이라 생각하면, 내가 속한 삶에 조심스러운 위안을 준다. 나는 아마 또 이 시절의 절실함이

별것 아니라 느끼는 어느 단계로 슬그머니 나아갈 것이다. 보다 의연해지고 잔잔한 마음을 알게 되면서 말이다.

사랑이 두려움을
밀어낸다

사람마다 고민은 다양하지만, 그에 대한 대답은 거의 한 가지로 정리되는 것 같다. 그 답은 "두려움을 지워버리고, 냉정하게 판단하여, 옳은 것을 그저 하라."이다. 여기에서 핵심은 '두려움을 없애버리는 것'과 '그저 하는 것'이다. 나는 대부분의 사람들이 자기가 고민하는 상황에 대한 답을 알고 있다고 생각한다. 알고 있음에도 계속 고민하는 이유는 단지 두려움 때문이다.

우리가 스스로를 얼마나 정교하게 방어하고 있는지, 그래서 얼마나 무언가를 하지 말아야 할 이유를 잘 만들어내어 합리화하는지는 정말 놀라울 정도다. 그런데 조금만 냉정하게 생각해보면, 약간만 물러나서 판단해보면, 그 모든 것의 기반에는 단지 '두려움'이 있을 뿐이라는 사실을 알게 되는 경우가 많다.

하지만 그 사실을 알아도, 우리는 계속 자신을 설득한다. 하지
마. 그냥 둬. 그러다 상처 입어. 뭐하러 해?

그 지점에서 자기를 이겨내고, 자기에게 상처를 줄지도 모
르는 그 일을 과감하게, 용기 있게 해내는 방법은 사람마다 다
를 것이다. 누군가는 자신의 기억이나 상상을 믿으며 자신이 해
야 하는 일 속으로 뛰어들 것이다. 나에게 좋았던 방법 중 하나
는, 사랑하는 사람과 의논하는 것이다. 아마 그가 나를 진실로
사랑한다면, 그는 내가 아는 그 답을 곧바로 실행하라고 말할
것이다. 자기가 있으니 걱정할 것 없다고 덧붙이면서 말이다.
사랑하는 이의 존재는 당연한 것을 실천하게 하는 힘이 있다.

다른 하나 역시 내가 자주 의지했던 방법인데 어느 정도 신
앙의 힘을 빌리는 것이다. '내가 옳은 것을 행하는데, 신이 지켜
보고 계신다. 신이 있으니 나는 걱정할 것 없다. 신께서 내가 옳
다는 걸 알고 있다. 그러니 두려워 말고, 옳은 것을 하자.' 하고
마음먹었던 적이 적지는 않았다. 속으로 긴 기도문을 외우거나,
나름대로 짧은 기도를 읊조리며, 내 안의 두려움을 몰아내고 '내
가 아는 옳음' 속으로 비로소 뛰어들 수 있었던 것이다.

돌이켜보면, 그렇게 고민에 고민을 거듭하고, 두려움과 긴
장감으로 폭발해버릴 듯했던 순간에, 결국 사랑하는 사람을 믿
든, 신을 믿든 '옳다고 생각'한 일을 시도했던 것은 결코 후회를
남기지 않았다. 어찌 보면, 그러한 고민을 하게 되는 것 자체가
그 일은 '해야만 하는' 것이라는 증거처럼 느껴지기도 한다. 그

럴 때는, 단지 그것을 할 수 있는 마음의 힘이 필요할 따름인데, 그 힘을 얻기 위해서 사랑 혹은 신앙이 있어야 한다는 것은, 내 영혼의 오랜 기반 같은 것을 짐작케 한다. 이를테면, 나는 역시 종교적인 인간이고 사랑에 깊이 의지하는 인간이라는 것, 즉 기 댈 것이 필요한 사람이라는 것을 말이다.

　오늘도 해야만 했으나 두려워서 하기 싫었던, 그러나 하는 게 옳았던, 그래서 나를 궁지로까지 몰고 갔던 일을 하나 해냈 다. 그럴 수 있었던 것은 역시 사랑하는 사람 덕분이었다. 그러 나 조금 더 확신을 얻고 싶어 신을 조용히 찾기도 했다. 나는 매 번 외우던 기도문을 되풀이하며, 마음이 평온해지길 기다리고, 확신한다. 그리고 그 마음의 힘으로 행한다. 그런 방식이 이제 내겐 오랜 습관처럼 되었다. 삶을 지탱하는, 삶을 보다 나은 방 향으로 이끄는 그런 습관으로 자리 잡았다. 앞으로 도래할 그런 순간들마다, 내가 나 자신을 이길 수 있기를 늘 바라고 있다.

땅콩
할아버지

    당혹스러운 일이 있었다. 아내의 친정에 갔을 때, 잠시 아이를 두고 둘이서 데이트를 나섰다. 주변에 있는 미술관에 갈 생각으로 내비게이션을 켜고, 시골길을 따라 달렸다. 그런데 좁은 골목을 지나 작은 언덕을 넘어선 순간, 길 한가운데 검은 천막 같은 것을 깔아두고 무언가를 말리고 있는 것이 보였다. 나는 아무리 시골이라지만 차도 한가운데를 저렇게 막아두어도 되나, 하고 살짝 화가 났다.

    처음에는 후진을 하여 길을 빠져나가려고 했으나, 이미 너무 많이 들어온 터라 한참이나 좁은 골목을 후진해서 나가기가 곤란했다. 그래서 아내랑 이야기를 해보고, 차가 못 지나가게 막아둔 상자를 치우고 바퀴 사이로 '그 말리는 것들'을 지나가보기로 했다. 아내가 차에서 내려 쪼르르 달려가, 상자를 치우고, 나는 차로 그 위를 지나가는데 우드득 무언가 밟혀 부서지는 소리가 났다. 이걸 어쩌하나 싶은데, 다시 아내가 차에 타고, 내비게이션은 계속 길을 따라가라 하고, 내려서 그 '무언가'를 확인해봐야 하나, 고민하고 있는데, 앞을 보니 길이 없었다.

그렇다고 다시 후진해서 가자니, 방금 밟았던 '무언가'를 또 밟을 것 같고, 진퇴양난에 빠져 일단 내려볼 생각을 하고 있는데, 멀리서 할아버지 한 분이 부지런히 이쪽으로 걸어오는 게 보였다. 나는 창문을 내렸고, 할아버지는 다가와서 욕을 했다. "미쳤냐? 미쳤어? 미쳤냐고." 아내와 나는 갑작스러운 욕에 벙쩌버렸다. 할아버지는 다시 돌아가더니 땅콩 한 줌을 들고 와서 차 안에 있던 아내에게 손을 내밀어 보라 하고 그 위에 쏟았다. "이거 보여? 이거 어떡할 거야? 너네들이 다 사 가!" 하는 것이었다.

그 순간 마음이 무척 복잡했다. 차가 밟은 건 땅콩이었는데, 아마 대부분은 밟지 않았을 것이고, 끝쪽에 있던 몇 개 정도만 밟았을 것이다. 나는 부서진 것들을 다 사가겠다고 대답했는데, 할아버지는 그것들을 어떻게 골라내냐면서 다 사가라고 우겼다. 나는 굉장히 고약한 사람한테 걸렸다는 생각도 들고, 또 그걸 그냥 밟아버린 것에 대한 죄책감도 들고, 막다른 길을 안내한 내비게이션이 원망스럽고, 또 아무리 그래도 차도 한가운데 그런 걸 널어놓은 것도 잘못이 아닌가, 하는 복잡한 심경을 느끼며 일단 차에서 내렸다.

그리고 문제의 땅콩을 확인하러 갔는데, 아무리 봐도 90% 이상의 땅콩이 멀쩡해 보였다. 아내와 나는 망가진 땅콩들을 골라내겠다고 했는데, 할아버지는 계속 화가 난 상태인지, 땅콩들을 무차별적으로 뒤섞고 흩뿌리면서 "밤새 골라내도 다 못 골라내지!" 하면서 우리를 두고 가버렸다. 아들이 와서 그냥 참으라고 하는데, "네가 농사 도운 적이나 있어? 저거 다 캐서 일일이 씻느라고 고생할 때 거든 적이나 있어? 빠져있어!" 하고 아들한테도 화를 냈다.

그렇게 아내와 나는 데이트를 나섰다가, 갑자기 길바닥에 쭈그리고 앉아 땅콩들을 골라내기 시작했다. 나는 계속해서 복잡한 심정으로 묵묵히 땅콩들을 골라내고 있는데, 아내는 자기 인생에 또 시트콤 같은 일이 일어났다면서 깔깔대며 신나게 땅콩들을 골라대는 것이었다. 그러면서 할아버지께 죄송하니 망가진 것만 골라내지 말고, 많이 담아 사가자면서 거의 무작위로 땅콩을 상자에 담아댔다.

그렇게 한참 땅콩을 골라낸 다음에는, 할아버지한테 찾아가서 땅콩을 다 골라냈으니 망가진 것들을 사가겠다고 이야기했다. 할아버지는 한참 들은 척도 하지 않다가, 서서히 걸어와서는 몇만 원인가를 지갑에서 꺼내는 나를 바라보더니, 얼마나 있냐고 물었다. 그러더니 지갑을 빼앗아 확인하려는 것 같길래, 황급히 몇만 원 정도만 꺼내어 지갑을 숨겼다. 요즘 땅콩 가격이 얼마나 하는지 모르겠는데, 이 정도면 되지 않겠냐고 했다. 그러더니 할아버지는 "지갑에 있는 거 다 주지 그래?" 하고 말했다.

나는 당황해서 그럴 수는 없다고 말하고는, 이대로 타협이 안되면 경찰을 불러야겠다고 생각했다. 충분히 '합리적인' 해결책을 찾았다고 생각했기 때문이다. 그런데 할아버지는 갑자기 말투를 완전히 바꾸더니 "착하게 생긴 젊은 사람들이 왜 그랬어?" 하고 굉장히 부드럽게 말하는 것이다.

그러면서 돈은 줄 필요 없다고, 돈 때문에 그런 게 아니라고 말하는 것이다. 아내는 깜짝 놀라서 절대 안된다면서, 할아버지한테 돈을 쥐어주며 꼭 받으셔야 한다고 사정을 하기 시작했다. 신나서 땅콩을 줍다가 갑자기 울상이 되어 돈을 받아달라고 애원하는 아내와, 욕하며 호통치던 할아버지가 갑자기 인자한 성직자처럼 변해버린 것을 보고 있자니, 이게 무슨 상황인가 싶어 현실감이 없었다. 할아버지는 "내가 호통친 값을 내야 한다."면서 한사코 돈 받기를 거절하더니, 무척 친절하게 차 빼는 걸 도와주고 작별인사까지 했다.

이 기묘한 '땅콩 할아버지' 사태로 아내는 아드레날린이 폭발하여, 신나서 미술관 마당을 돌아다녔고, 나는 계속 복잡한 기분을 떨쳐내지 못한 채 엉거주춤 아내를 따라다녔다. 아내는 자기 인생에는 원래 늘 시트콤 같은 일들이 벌어지는데, 이제는 나에게도 전염되어, 우리에게 그런 일들이 일어난다며 흥분해 있었다.

하지만 나로서는 뭐랄까, 무슨 잘못을 하여 낯선 사람에게

혼이 났다는 사실 자체를 거의 겪어보지 못한 터라, 그 일 자체를 어떻게 받아들여야 하는지, 또한 내가 저지른 잘못에 관해 아무런 책임도 지지 않은 채 그로부터 벗어나도 되는 것인지, 과연 나만 일방적으로 잘못한 것인지와 같은 의문으로, 계속해서 그 문제가 남겨놓은 '혼란'을 느끼고 있었다. 그 혼란은 아내의 친정에 돌아가서까지 잘 해소가 되지 않았다.

　아마도 그것은 시골소녀로 자란 아내와 도시소년으로 자란 나의 차이였으리라는 생각이 든다. 시골에서 사람들과 부딪히며 때론 혼이 나고, 사고도 치고, 그럼에도 용서를 빌면 용서를 받고, 엄격한 책임보다는 서로에게 허용되는 관용의 세계에 살던 아내. 반면, 잘못에는 책임이 따르고, 부모가 아닌 타인은 나를 혼낼 수 없고, 서로의 이익이 명확하게 계산되는 관념을 이고 살았던 나. 그래서 나는 명확한 이익과 손해, 합리적 보상과 해결책을 계속 생각하고 있었지만, 아내는 그렇지 않았다. 현실적으로 명확한 계산이 오가지 않더라도, 용서와 관용과 화해가 가능한 세계라는 걸 알고 있었던 것이다.

　기차를 타고 돌아올 때까지도, 할아버지가 "땅콩을 모두 썻느라 얼마나 고생했는 줄 아느냐."며 자신의 아들을 혼내던 말이 잊혀지질 않았다. 나는 땅콩을 썻어야 하는 줄도 몰랐다. 길에서 말려지고 있는 '무언가'가 한 사람의 정성과 시간이라는 것도 몰랐다. 그 말이 계속 내 마음을 아프게 찌르면서, 도대체 무슨 생각으로 '그 위'를 지나가려고 했는지 나 자신이 이해되지 않았다. 돌이켜볼수록, 어딘지 스스로를 부정하면서 제정신이 아니었다고만 생각되었던 것이다.

그런데 나는 제정신이었을 것이다. 단지 그때는 몰랐을 뿐이다. 모르는 것과 아는 것의 차이가 그렇게나 크다. 알고 나면, 몰랐던 나는 제정신이 아닌 인간으로 보인다. 알고 나면, 모를 때의 나를 이해할 수 없다. 알고 나면, 모르는 내가 참으로 한심해 보이고 어리석어 보인다. 나의 협소했던 세계에 이전에 없던 세계가 생겼다. 이것은 대단한 충격이었다.

2.

사랑으로 채운 순간

: 사랑의 시절

저마다의 시절들을
사랑하기

달빛을 쫓아가듯이 밤을 사랑하는 시절이 있다. 깔깔대며 춤을 추고, 외로운 마음에 흠뻑 취하고, 지금 듣고 있는 음악이 세상에 남은 유일한 세계가 되는 시절이 있다. 눈앞에 있는 사람을 남김없이, 온 마음으로 사랑하고, 찾고, 그렇게 국경을 넘고, 잠을 잊고, 달려가는 나날이 있다. 저마다의 시절에는 그때만의 마음이라는 게 있어서 나름대로 행복이 존재하기도 하지만, 어느 시절에는 유난히 누군가를 간절히 지켜주고 싶고, 반대로 어느 시절에는 누군가에게 뼛속 깊이 보호받고 싶은 마음이 들어찬다.

만약 그런 마음들이 지금도 남아있다면, 그 시절은, 혹은 이 시절은 그만큼 한 줌 놓치기 아까운 나날들일 것이다. 삶은 한편으로는 평등하지만, 다른 한편으로는 불평등해서, 특별히 더 아름다운 나날이 있다. 유난히 더 아까운 마음, 아쉬운 마음이 드는 시절이 있다. 그런 시절 중 하나에는, 외로움으로 가득 차고, 그래서 밤과 음악을 너무나도 사랑하고, 홀로 있음이 무한한 예감으로 채워지는 때도 들어갈 것이다. 나를 간신히 사랑하면서, 그 누군가를, 삶을 믿고자 애쓰는 시절의 아름다움이라는 게 있다.

인생에서 그런 시절이 지나가고 나면, 다소 안정적으로 행복을 일구어나가는 때가 오기도 하는 듯하다. 아주 간절하고 폭발할 것 같은 마음과, 외로움을 사랑하는 마음과, 그러면서도 세상으로부터 오는 어떤 예감을 믿고 따르던 마음이 지나가면, 밭을 일구듯이 밤보다는 낮을 사랑하고, 함께 단단한 땅을 고르고 만들어나가듯이 행복을 일구어나가는 시절도 있다.

아마도 지금의 나는 낮의 시절에 있는 듯하고, 종종 밤의 시절을 그리워한다. 그러나 그 시절로 돌아갈 수 없다는 건 알고 있는데, 그 시절의 마음이라는 걸 기억할 수는 있어도, 삶의 영역이 달라졌다는 걸 느끼기 때문이다. 한편으로 이건 참 이상한 일인데, 내가 그 시절의 마음을 기억하고, 그 마음으로 오늘 밤을 가득 채우면, 다시 '그때의 그 밤'이 되는 게 아닌가 싶기도 하지만, 그렇지가 않다. 설령 그렇게 믿는다 하더라도, 그 시절이라는 것은 하룻밤의 꿈처럼 금방 떠나가는 일이 된다. 아마 삶이란 그렇게 만들어져 있는 것이다. 이곳에서 저곳으로 넘어가는 방식으로 말이다.

그렇게 삶이란 그리워할 만한 마음들을 부지런히 쌓아가면서, 채워가고, 또 건너가는 일이 아닐까 싶다. 그저 어느 시절에나 있기 마련인, 그 시절 나름의 아름다움 같은 것들을 간신히 그러모아 쥐고, 한쪽 호주머니에 가득 넣고서, 과감하게 또 다음의 시절로 건너가는 일들이 인생 내내 이어지는 게 아닐까 싶다. 살아가는 모든 나날들은 저마다의 방식으로 어떤 그리움이 된다. 그리고 아마 그런 그리움을 간직할 수 있는 삶이라면, 좋은 삶이라는 생각이 든다.

자기의 삶에 그리워할 만한 구석들을 남겨두고 그리워할 수 있다는 것은, 과거에도, 현재에도 그 어떤 마음의 여지들이 삶 속에 남아있다는 증거 같은 게 되지 않나 싶다. 그렇게 어느 시절의 달빛과, 춤과, 음악과, 어느 오후의 눈밭과, 웃음과, 노동과, 어느 사람들을 양쪽 호주머니에 가득 담고서, 어느 시절들과는 작별을 고하고, 다시 어느 시절들을 맞이하며, 삶을 이어가게 되는 것이다.

힘을 낸다는
것

어른이 된다면 마냥 더 자유로울 것이라고만 생각하던 때가 있었다. 그때의 자유로움이란, 아무래도 삶을 주체적으로 이끌고 나갈 수 있는 힘을 지니게 된다는 것을 의미했다. 그러나 어른이 되어가면 갈수록, 삶을 주체적으로 이끌어간다기보다는 오히려 더 구속되는 느낌이 들 때가 있다. 가령, 휴가가 끝났을 때, 대학생이었다면 며칠은 자유롭게 여행의 여운을 느끼며 글도 쓰고 쉬엄쉬엄 나의 현실로 돌아갔을 것이다. 그러나 이제 어른이 되어버리고 나면, 여행을 다녀왔다고 해서 세상이 마냥 기다려주지 않는다. 쉴 틈 없이 직장으로 복귀해야 한다. 또 하루라도 아이를 돌보지 않을 수는 없다. 삶을 끌고 나가기보다는, 끌려가는 순간들이 많아진다.

여행이니, 데이트니, 글쓰기니, 돈벌이니 하는 것들을 비교적 자유롭게 선택하던 시절도 있었다. 그러나 어떤 시절이 되면, 우리에게 주어지는 자유로움의 영역은 지극히 작아지고 만다. 그때의 자유란 오늘 어떤 샴푸로 머리를 감을까, 집에 돌아가는 길에 차 안에서 무슨 음악을 들을까, 저녁 메뉴는 무엇을 선택할까 정도가 된다. 물론, 그보다는 여유로운 때도 있지만, 그러한 여유조차 없을 때도 있다. 삶이란 상시적인 의무와 다르지 않고, 포기할 수 없음으로 이루어진 어떤 집합물이 아닌가 싶다.

살아가면서 힘을 내야 한다는 것은 아무래도 그런 작은 순간들에 관한 말일 것이다. 힘을 내서 엄청난 성공을 이루어야 한다는 게 아니다. 어제 휴가에서 돌아왔지만, 오늘 아침에는 또 일찍 일어나 옷을 갖추어 입고 나서는 것이 힘을 내는 일이다. 비가 오고 축 늘어지는 날에, 하루 정도 아무 생각 없이 누워서 영화나 보고 싶지만, 일어나 아이의 밥을 먹이고 아이의 몸을 씻길 힘을 내야 한다. 모든 걸 포기해버리고 그저 주저앉아 울고 싶을 때도, 잠시 눈물을 훔친 다음에는 내일을 준비해야만 한다. 힘을 내지 않을 도리가 없는 것이다.

그런데 힘이라는 것은 내다보면 나는 것 같다. 어떻게 그런 날들을 이끌고 가나 싶다가도, 또 일어나 문밖을 나서고 바깥 공기를 마시면 힘이 난다. 온몸에 힘이 없어 아이를 어떻게 씻기나 싶다가도, 아이랑 같이 욕실에 들어가면 어디서 힘이 생긴다. 그런 힘을 기대하면서, 이다음 순간에 힘이 날 것을 머리로 알고, 마음으로 믿으며, 살아가는 게 아닐까 싶다. 그렇게 다음 순간들을 신뢰할 수 있다는 게 아마 어른이 되는 일이고, 힘을 내는 일일 것이다. 할 수 있다는 사실을 아는 것, 그것을 알기 때문에 나아가는 것, 책임지는 것, 살아가는 것 말이다.

내게 힘을 주는 것들을 생각해본다. 아침에 일어나기 힘들 때, 좋은 음악을 한 곡 틀면 몸을 일으킬 수 있다. 몽롱한 기분에 잠겨들 때, 맛있는 커피 한 잔을 마시면 정신이 든다. 내일을 생각해야 할 때, 그곳에 있을, 나를 반겨주는 사람과 웃음 같은 것을 생각하면, 내일로 나아갈 수 있다. 무수한 작은 것들이 삶을 이끌어준다. 그 모든 것들에 빚진 채로 살아가는 것이다. 아무래도, 매일같이 힘을 낼 필요가 있다. 힘내라는 말, 노력하라는 말, 열심히 하라는 말 같은 것에 질리다 못해 저주를 퍼붓는 세상이라지만, 아무래도 나는 이 순간에도, 힘을 내야 한다. 적어도 내가 살게 된 삶에서는 그런 말들이 권태나 저주가 되지 않으면 좋겠다.

삶을 사랑하는
사람이기를

　나 자신이 얼마나 삶을 사랑하는 사람이었는지에 대해서
만큼은 잊지 않고 싶다. 어쩌면 그것은 잊지 않는 게 아니라, 잊
지 않아야 할 문제일지도 모른다. 내가 얼마나 삶을 똑똑하게
잘 살아냈는지, 다른 누구보다 멋진 삶을 살아내고 있는지, 남
부끄럽지 않은 모습으로 살아가고 있는지는 모르겠지만, 그래
도 내가 그 누구만큼이나 이 삶을 사랑했다는 사실은 어째서인
지 놓고 싶지 않다는 생각이 들곤 한다. 모든 나날들에, 어쩌면
가장 우울하고, 누추하고, 힘겨웠던 나날들 속에서도 나는 이
삶을 사랑하고자 애쓴 사람으로 스스로를 기억하고 싶다.
　내가 하루를 낭비하는 일을 얼마나 싫어했는지, 해가 높이
뜬 어느 푸르른 날이 지나가는 것을 얼마나 아쉬워했는지, 머물

러있는 한 줌의 오늘이 얼마나 가치 있어야 한다고 믿었는지, 그리하여 내가 속한 시간들을 얼마나 사랑할 만한 것으로 채우고자 마음을 다했는지만큼은 나 스스로 기억하는 사람이고 싶다. 어느 하루가 아쉬워 아주 멀리까지 걸었던 날들에 대하여, 또 오늘 하루 무엇을 하는 것이 가장 나의 삶에 죄를 짓지 않는 일인가 고민하며 종일 글을 썼던 어느 날들에 대하여, 나의 시간을 채우게 될 영화 한 편이나 책 한 권을 얼마나 세심하게 골랐는지에 대하여, 오직 나만 알고 있는 어느 자긍심 같은 것만은 지켜내고 싶다.

아이가 처음 나를 보고 웃고 나를 부르고 나를 향해 달려올 때, 그 순간을 기억하고자 눈을 부릅뜨고 그 공간 전체를 얼마나 유심하게 들여다보고자 했는지, 그리고 그 나날들을 잃고 싶지 않아 얼마나 거듭하여 되짚어보곤 했는지, 또한 그것은 내가 모든 순간에 생생하게 살아있고자 얼마나 간절히 애쓴 일이었는지를 기억하고 싶다. 어느 순간 귓가에 들려오던 음악을 붙잡아 그 선율이 주던 모든 것을 사랑하고자 했던 날들, 아내를 만나 함께 보내는 시간을 그 무엇보다도 부드러운 것으로 만들고 싶어 노력하던 시간들, 아주 어릴 적부터, 여동생이 있고 강아지가 있던 공간을 세심하게 꾸미고 다듬어 평화롭고도 안심할 수 있는 다정함이 깃들길 바랐던 어느 순간들을, 내가 늘 만들고 지켜내고 싶어했다는 사실도 항상 잊지 않고 싶다.

세상에는 아마도 나보다 더 잘난 사람도 많은 듯하고, 나보다 현명하고 똑똑하게 현실을 헤쳐나가고, 많은 것을 얻고 이기며, 또 애초에 더 많은 것을 가지고 태어난 사람들이 참 많은 것 같다. 그렇지만 나에게도 하나 가진 것이 있다면, 삶을 사랑하는 마음이라고 믿고 싶다. 그 마음의 무게를 재보거나 숫자로 나타낼 수는 없겠지만, 그래도 나는 오랫동안 그런 마음을 키워왔고, 놓지 않았고, 그래서 삶을 사랑하는 사람으로 한평생을 살아냈다고, 그렇게 스스로를 회고할 수 있는 사람이기를 바란다. 내 앞에 열린 어느 하루를, 어느 바다를, 어느 산책 길을, 어느 비 오는 새벽을 참 사랑하는 사람으로 나를 기억하고 싶다.

아마도 내가 가장 두려워했고 여전히 무서워하는 것이 있다면, 내가 언젠가 삶을 사랑하지 못하게 될지도 모른다는 사실이다. 나는 그 무엇보다도, 삶을 사랑할 수 없는 상황이 내게 도래할까 봐 두려워하면서 살아왔고, 그것이 내가 살아낸 삶의 모든 궤적을 그려냈을지도 모른다는 생각이 든다. 그리고 아마도 어느 낯선 미래에 이르기까지, 나는 이 삶을 사랑하고자 애쓰며 또 많은 세월을 살아낼 것이다. 그래서 어느 날, 결국에는, 삶을 사랑하고자 애썼던 그 마음이 역시 옳은 것이었다고, 나는 그렇게 내게 가장 어울릴 법한 삶을 역시 살아내고야 말았다고, 그렇게 고요히 고개를 끄덕일 날이 올 것을 기다린다. 내가 사랑한 모든 날들은 그 어느 하루도, 차마 다른 것과, 혹은 다른 누구의 하루와 바꿀 수조차 없는 것이었다고, 그렇게 내가 얼마나 이 삶을 사랑했는지를 기억하며 저물어가기를 바라게 된다.

웃음의 저장고를
채우며 살아가기

아이를 보고 있으면, 내가 잃은 무수한 웃음들에 대해 생각하게 된다. 아빠의 볼펜을 빼앗고 즐거워 웃는 순간, 지나가는 사람의 인사에 기뻐하는 순간, 멀리서 본 엄마를 향해 달려가며 깔깔거리는 순간. 아이에게는 그렇게 하루에도 셀 수 없는 웃음의 순간들이 있다. 그에 비하면, 나이가 들수록 진심으로 웃을 수 있는 순간은 무척 줄어들었던 것 같다. 기껏해야 예능인이 자아내는 억지웃음, TV의 효과음을 따라 웃는 순간, 술에 취해 허세를 떨며 껄껄대는 시간 같은 게 하루에 있는 웃음의 전부일 때도 있었다.

그렇게 많이 웃었던 순간들 혹은 나날들은 모두 어디로 가는 걸까? 결국 현재에서 즐겁지 못하고, 웃지 못하고, 행복하지 못하다면 과거의 웃음들은 모두 무용지물로 흩어지고 사라지는 걸까? 아니면, 매 시절의 웃음들이 일종의 토양이 되고, 씨앗이 되어 지금도 나를 웃을 수 있게 해주는 건 아닐까? 만약 그렇다면, 내 삶은, 나의 웃음들은 늘 내가 과거에 웃었던 나날들에 빚지고 있는 셈이다. 웃음으로부터 웃음이 오고, 그렇게 내 삶을 지탱해주었던 무수한 웃음들에 기대어 살아가고 있는 셈이다.

어쩌면 삶이란 그렇게 웃음들에 빚져있고, 웃음을 나누면서, 또 웃음을 전해주며 살아가는 일일지도 모른다. 삶이 메마른다는 것은 더 이상 공급받을 웃음도, 웃음을 전해주는 일도 삶에서 사라졌음을 의미할 것이다. 요즘 나는 매일같이 웃음을 공급받고 있다. 그리고 이 작은 세계 안에서 웃음을 나누고 있다. 이 나날들이 또 새로운 기억의 우물이 되어, 앞으로의 삶에 웃음을 공급해줄 저수지가 되는 것일지도 모른다. 웃고 있는 시절의 사진들, 마음 깊이 뿌리내리고 있는 웃음의 순간들, 나에게 웃음을 준 존재들의 역사에 기대어 살아갈는지도 모른다.

아내와의 연애가 좋았던 건 아마도 매일 웃었기 때문이었던 것 같다. 사소한 농담들, 웃기는 순간들, 까불어대고 깔깔댈 수 있는 시간들이 좋아서 우리는 계속 만났고, 삶도 함께하게 되었을 것이다. 요즘 우리는 거의 아이를 중심으로 웃는다. 아이 이야기를 하고, 아이 흉내를 내고, 아이를 보며 웃는다. 그러다 보니 서로가 서로의 웃음이 될 수 있는 시간은 상대적으로 줄어든 느낌도 있다. 어쩌면 일종의 웃음 총량의 법칙 때문일는지도 모른다. 하루에 마셔야 할 물의 양이 있는 것처럼, 웃음의 양도 있는데, 그게 다 채워지다 보니 서로로부터 웃음을 얻는 일은 조금 적어지는 것일까 생각하곤 한다.

그렇다고 아이에게서 웃음을 얻는 일이 나쁜 것일 리는 없다. 그렇다면, 역시 가장 좋은 것은 셋이서 웃는 일이다. 적어도 하루에 두세 시간쯤은 셋이서 깔깔댈 것, 이것이 달성되지 못하면 그 하루는 어딘지 욕구불만 같은 것이 남기도 한다. 반면 셋이서 행복하게 깔깔대고 나면, 그 하루는 정말이지 가득 차버린다. 아마도 우리는 웃음을 충전해야만 하는 그런 시절을 살고 있을 것이다.

사람은 웃음을 나누며 정이 들고, 좋아하게 되고, 사랑하게 되며, 함께하는 시간의 가치를 알게 되고, 삶을 쌓아 가치 있는 무엇으로 만들어가는 듯하다. 그렇기에 웃음은 엄청난 돈을 쓸어 담기도 한다. 근래 화제가 되고 있는 유튜브뿐만 아니라, 예능 TV, 온갖 감정노동 등도 대부분 웃음을 주고 돈을 얻어낸다.

아이가 웃음의 저장고를 많이 채우며 자라면 좋겠다. 나도 아이로부터 많은 웃음을 얻고, 나를 둘러싼 사람들에게 많은 웃음을 주고, 그렇게 어떤 잔잔한 웃음, 기쁨, 미소 속에서 남은 생도 잘 살아가고 싶다.

인생의
흔한 착각

인생에 대한 매우 흔한 착각 중 하나에는, 내가 지금 지니고 있는 감각들이 미래에도 그대로 이어질 것이라는 믿음이 있는 것 같다. 내가 지금 느끼는 것을 나중에도 느낄 거라 믿고, 지금 할 수 있는 것을 나중에도 할 수 있을 거라 믿는 것. 혹은 지금 내가 가진 욕망이나 열망이 미래에도 그대로 있을 거라 믿거나, 지금 나에게 익숙하거나 능숙한 것이 미래에도 그럴 거라 믿는 것. 그런 믿음은 너무도 당연하게 주어져서, 그렇지 않을 거라고 믿는 게 사실 쉽지 않다.

나는 만약 내가 과거에 해냈던 것들을 지금 다시 하라고 하면, 그 중 상당수는 하지 못할 거라 느낀다. 과거에 썼던 책들이나 소설들을 그 정도 열정과 의지로, 뚝딱 한 권 만들어낼 자신이 그때만큼 없다. 상황이 여러모로 변한 게 한몫하겠지만, 그에 못지않게, 마음의 흐름이나 내면의 조건 같은 것도 많이 달라져 버려서, 그 시절의 힘은 가지고 있지 못하다. 대신 조금 다른 힘이나 다른 능숙함을 가지게 되어서, 그때와는 다른 무언가를 할 수 있을 뿐이다. 그 시절 할 수 있었던 것은 그 시절만의 것으로 끝났다.

여전히 사랑을 하고 있다고 한들, 그 시절과 같은, 그 시절의 방식으로 사랑할 수는 없다. 그 시절 할 수 있었던 사랑은 그 시절로 끝이 난 것이고, 내게는 그 이후 차곡차곡 쌓여온 더 많은 경험, 내면, 무의식, 기억, 현실의 조건 같은 것들이 얽혀서, 이제는 다른 방식의 사랑밖에 할 수 없다. 그 시절처럼 달 밝은 날 눈 내리는 새벽에 뛰쳐나간다 한들, 그 시절의 마음으로 그 밤을 사랑할 수는 없다. 그 시절 사랑했던 음악을 들어도, 그 시절만큼 그 음악을 사랑할 수는 없다. 대신 그와는 다른 것들을, 조금 다르게 사랑할 수 있을 뿐이다.

그래서 사실 지금 무언가 가치 있는 일을 '할 수 있다'는 것은, 그 자체로 그 시효기간이 얼마 남지 않았다는 뜻도 된다. 그러므로 지금 할 수 있는 걸 가능한 한 필사적으로 하라는 신호가 되기도 할 것이다. 어차피 또 이 시절이 지나고 나면, 많은 것들은 '할 수 없는 것'이 되어버린다. 느낄 수 없고, 누릴 수 없고, 해낼 수 없는, 그저 과거의 일이 된다. 그러므로 할 수 있을 때 한다는 것은 아마 최선의 삶을 살아내는 방법 중 하나일 것이다.

그런데 내가 무엇을 할 수 있거나 없는지 알려면, 어느 정도의 과감함이랄 것도 필요한 듯하다. 애초에 '할 수 있었던' 것을 해보지조차 않아서, 할 수 있는 것이라는 사실을 알지도 못한 채 지나가버리는 경우도 허다하기 때문이다. 대개는 해보면 알게 된다. 내가 이걸 할 수 있는지 없는지, 할 만한 의지가 이어지는지 아닌지, 그만한 열의가 마음 안에서 솟아나 계속되는지 아닌지 말이다. 그렇게 할 수 있는 것을 알게 된다면, 역시, 이 시절은 그 '할 수 있는 것'에게 내어주는 게 좋을 것이다.

자신을 뽐내고, 열정을 가지고 일을 해내고, 멀리 떠나는 일과 고독 속의 음악을 사랑하고, 고요히 앉아 고양이를 쓰다듬으며 책을 읽고, 강아지와 산책하고 돌아와 영화 보는 밤을 좋아하고, 친구들과 모여 술 마시며 밤새 떠드는 날들을 평생 사랑할 수 있을 것도 같지만, 아마 그렇지 않을 것이다. 삶의 많은 일들이 그렇게 어느 시절의 일로 잠시 왔다가 떠나간다. 그러니, 지금 할 수 있는 것을 해야 하고, 사랑할 수 있는 것을 사랑해야 한다. 그렇게 그저, 어느 시절들을 건너가며, 이 삶의 시간이랄 것도 완수하게 되는 것이다.

하루 중 내가
좋아하는 시간

아이가 지금보다 어릴 적, 내가 하루 중 좋아하는 시간들이 있었다. 하나는, 아내와 아이가 잠이 들면, 방에 들어가 수건을 적셔서 널고, 에센셜 오일 몇 방울을 뿌려두고, 조명을 어둡게 바꾸는 일이었다. 아내와 아이가 잠든 밤에, 내가 그들을 위해 무언가 매일 할 수 있는 일이 있다는 사실이 내게 위안을 주었다. 아내는 수건을 적셔 가습하는 일을 꽤나 번거롭게 생각하기도 하고, 에센셜 오일 같은 것까지는 신경 쓰지 않기 때문에, 그것은 나만이 할 수 있는 나의 역할처럼 느껴져서 좋았다. 그리고는 대개 새벽 두어 시까지 나의 일에 몰두했다.

또 좋아하는 시간은 아이를 하원시키는 시간이었다. 아이랑 같이 단풍이 물들고, 낙엽이 잔뜩 떨어진 거리를 거니는 것이 참으로 좋았다. 예전부터, 나는 아이를 하원시키는 시간을 좋아했다. 둘이서 놀이터에 달려가고, 슈퍼에서 초코우유를 하나 사던 일이 비슷한 결로 이어졌다. 종종 아이가 좋아하는 마카롱을 하나 사주기도 했다. 작은 손으로, 자기 손만 한 마카롱을 두 손으로 들고 베어먹는 아이를 보고 있으면, 어쩐지 마음이 안정되었다. 길고양이에게 내어준 참치 캔을 얌전히 먹고 있는 걸 바라보는 느낌과 비슷하기도 했고 말이다.

그 두 가지 시간이, 내가 가장 사랑하는 시간이었다. 물론, 가끔은 커피를 한잔 내려서, 음악을 한 곡씩 듣는 것도 좋았다. 하지만 그 이상의 쾌락이나 대단할 자극이랄 것은 없었다. 매일 밤 기다리던 몇 편의 웹툰을 보는 것과 하루에 한 편쯤 글을 쓰던 시간은 '좋다'는 것과는 조금 달랐다. 그 시간은 그저 이 일상을 견디기 위해 필요한 의식 같은 것에 가깝고, 내가 진심으로 좋아했던 시간은 저 두 가지의 시간이었던 것 같다. 마음이 살고 싶은 만큼 부드러워졌다. 아슬아슬하게 삶을 사랑하고 믿고 견딜 수 있을 것 같은 기분이 들게 했다.

날이 추워지면 차가운 기운을 잔뜩 머금고서 나의 고요한 공간에 찾아왔던 연애시절의 아내가 생각난다. 내가 나를 보호하기 위해 조심스레 안정된 분위기를 갖추고 있던, 잘 흐트러지지 않도록 내 나름대로의 질서를 유지하던 공간에 아내는 종종 침입하곤 했다. 그럴 때마다 나는 그 공간이 바스스 흐트러지는 것 같다고 느끼곤 했다. 당시 여자 친구였던 아내는 종종 나의

'안'에 침입하는 '바깥' 같은 것이었는데, 어느덧 우리는 함께 '안'을 이루게 되었다. 이곳은 더 이상 나만의 공간이 아니라 우리의 공간이 되었다. 바깥은 단순히 나의 바깥이라기보다는, 우리의 바깥이 되었고, 찬 바람은 그렇게 저 바깥에 분다.

당시 나는 몇 개월 정도 홀로 살고 있었고, 아내와 아이를 만나는 일은 가끔 있었다. 잠깐의 만남이 지나고, 다시 혼자만의 생활로 돌아가는 것은 저 바깥으로 나서는 일처럼 느껴졌다. 연애 때도 해보지 못했던 '롱디'를 했던 셈이다. 홀로 오래 있다 보면, 나의 존재 가치랄 것을 점점 잃어버려서, 간혹 조금 미쳐 버릴 것 같은 기분을 느낄 때가 있었다. 내가 아무런 존재도 아닌 듯이 느껴지고, 껍데기만 남은 유령처럼 느껴지는 순간이 있었다. 그런 껍데기가 되어버린 느낌이 외로움이라는 걸, 이제서야 조금 알게 된 것 같다. 나에게는 내가 있어야 할 '우리의 안'이 생겼으니, 내가 홀로 애써 유지해내는 '나만의 안'은 사라졌다. 내가 가치 있어지는 건 우리를 가꾸어 나갈 때가 되었다.

아무튼 그 시절처럼 겨울이 오면, 따뜻한 봄과 여름에 태어난 아내와 아이는 추운 계절에 태어난 나와 달리 어떤 온기를 가지고 있고, 어쩐지 나는 그런 온기가 필요한 사람 같다고 느껴지기도 한다. 삶이 지나간다. 무엇 하나 온전히 갖춘 것 없이. 그런데도, 어느 오늘이 문득 생겨난 담장 사이 잡초처럼, 그렇게 생겨나 흘러간다. 내가 좋아한 시간들만이 내 안에 고스란히 남은 채로, 그렇게 흘러가는 것 같다.

현재와 과거의
겹침

아이랑 함께 바닷가에서 바위를 들추며 게를 찾을 때면, 아버지가 생각난다. 어릴 적, 방학이면 넷이서 떠나곤 했던 가족 여행에서, 아버지와 나는 늘 무언가를 잡았다. 다시 놓아줄 때가 대부분이었지만, 계곡에서는 송사리를 잡고 바닷가에서는 게를 잡았다. 동네에서는 방아깨비나 잠자리를 잡기도 했는데, 우리 집 베란다는 그런 곤충들을 온통 풀어놓고 키우는 거대한 곤충 체험장 같은 곳이었다. 화분의 나무에서는 매미가 울었고, 작은 화분들 사이에는 메뚜기가 숨어있었다. 내가 곤충채집을 나설 때, 아버지는 함께 나오셔서 내가 못잡는 매미나 나비를 잡아주시곤 했다.

아이와 수영을 할 때는, 아버지랑 같이 수영하던 기억이 난다. 바닷가와 수영을 좋아하던 아버지는 바닷가를 가면, 늘 나와 동생과 함께 개구리 헤엄을 쳤다. 아버지와 어딘가로 떠났던 기억에는 그렇게 대부분 물이 있다. 매년 계곡이나 바다를 갔다. 그래서 그런지 몰라도, 나도 아이와 계속 물을 찾게 된다. 물이 있는 곳에 가야 여행을 한다는 느낌이 들고, 제대로 된 추억을 쌓는다는 느낌이 든다. 물속에 들어가야만 아이와 제대로 놀아주었다는 느낌이 들고, 물을 경험해야만 아이에게 무언가를 새로이 알려주었다는 느낌이 든다.

음악을 튼 채로 자동차를 몰고 여행을 떠나면, 어머니가 생각난다. 멀미가 심했던 나는 그나마 앞좌석에 타면 속이 괜찮았기 때문에 운전석 옆자리는 언제나 내 차지였다. 나는 늘 어머니가 운전하는 차의 조수석에 앉아서, 어머니가 좋아하는 노래를 들었고, 어머니와 이야기를 나누었고, 어머니의 마음에 관해 들었다. 그러면서 어머니가 좋아하는 과자를 같이 앉아 먹었다. 여행을 떠날 때면, 차 안에서 무언가를 먹는 게 좋았다. 나는 차에 실려가며 무언가를 먹고, 여동생과 장난치고, 혼자 상상의 나래를 펼치는 일이 좋아서 가족 여행을 떠나는 것을 좋아했다.

그래서 차를 몰고 갈 때면, 어머니가 생각난다. 어머니의 자리에 내가 앉아서 차를 몰고 있고, 내게는 새로운 가족이 생겨 새로운 과자를 나누어 먹고, 새로운 사람이 생겨 새로운 이야기를 나눌 때면, 어머니가 생각난다. 여행지에서 어머니는 우리와 같이 놀기보다는 늘 어딘가에 앉아서 쉬고 있었기 때문에,

물놀이를 할 때는 아버지가 생각나고, 차를 탈 때면 어머니가 생각난다.

그렇게 여행을 다녀오면, 현재와 과거를 다소 겹치듯이 여행한 느낌이 든다. 현재에 충실해서, 그만큼 깔깔대고, 웃고, 즐기고, 쉬고, 내 앞에 있는 것들에만 집중한 시간을 보냈는데도, 어느 정도 과거를 거닌 것 같은 느낌이 든다. 나도 명확히 인식하지 못했던 사이사이 시간들에, 과거가 침투했다는 것을 지나고 나서야 안다. 그렇구나, 내가 지나간 시간들을 다시 살고 있구나, 그리고 또 나의 그 과거처럼 이 시간들도 과거가 되겠구나, 생각한다. 다시 돌아갈 수 없지만, 그래도 내 삶이 끝날 때까지는 내 안에 남아있을 그런 과거들이 되겠구나, 생각한다.

이 순간의 다정함이
전부

    타인의 삶은 지나치게 행복해 보이거나, 지나치게 불행해 보였다. 이를테면, 별다른 설렘도 없이 중형차를 몰고 다니며 시장을 보고 있는 어느 부부의 삶이란 무미건조하기 짝이 없어서, 그들은 겨우 불행을 감내하고 있을 뿐이라고 생각했다. 반대로, 어느 외국의 아름다운 풍경을 배경으로 활짝 웃으며 찍은 사진 속의 어느 젊은 주인공들은 지나치게 아름답고 행복해 보였다. 나는 그러한 '불행한 이미지'는 필사적으로 피하고, '행복한 이미지'를 절실하게 지향해야 한다고, 청춘 내내 믿곤 했다.

    그런 이미지들은 굉장히 다방면으로 세밀하게 내 안에 만들어져 있었는데, 동시에 아주 명확한 기준이 있는 것도 아니었다. 오로지 그 이미지가 주는 막연한 분위기나 느낌 같은 것에 따라 선별되었다고 할 법했다. 말하자면, 나는 내가 '선호하지 않는 이미지' 쪽으로 가게 되면 일종의 자살이나 죽음이 있으리라 여겼고, 어떻게 해서든 내게 '와닿는 이미지' 혹은 내 마음에 '적중하는 이미지' 쪽으로 가야만 한다고 믿었다.

결코 가고 싶지 않았던 이미지에는 어떤 게 있었을까? 일반적인 중년 부부, 어떤 아저씨의 삶, 행복이라고는 술과 담배와 TV밖에 없는 삶, 창고 같은 환경에서 살아가는 삶 같은 것이 있었을 것이다. 반면, 가고 싶었던 이미지는 유럽의 어느 카페를 일상처럼 드나드는 삶, 바다를 곁에 끼고 머물면서 글을 쓰는 삶, 좋아하는 사람들과 우리만의 아지트에 모여 세상을 이야기하는 삶 같은 것이 있었을 테다.

그런 이미지들은 온갖 방식으로 내게 쏟아져 들어왔다. 가령 어느 생활 다큐멘터리 따위를 보면서 '저런 이미지'의 삶을 갖고 싶지는 않다, 반면 어느 영화나 소설을 보며 '저런 이미지'의 삶을 갖고 싶다, 그런 식으로 내 나름대로의 삶에 대한 지향이 형성되었던 것 같다. 그런데 그런 '이미지의 층위'랄 것은, 묘하게도, 나의 '실제 삶의 이미지'와는 늘 불일치하는 그 무엇일 수밖에 없었다. 내 삶은 좋을 때나 아닐 때나, 행복할 때나 불행할 때나, 그런 '외부' 혹은 '타자' 이미지와는 별개의 경험으로 존재하는 그 무엇에 가까웠다.

일주일 만에 아내와 둘이서 외출을 했는데, 바다를 보고, 바다를 걷고, 바닷가의 어느 카페에 들러 오랜만에 아메리카노 한잔과 초콜릿 케이크를 누렸다. 그런데 그 속의 행복이랄 것은, 어찌 보면, 너무나 단순해서 사실 내가 꿈꾸던 그 거창한 이미지와는 참으로 다른 것이다.

이를테면, 사람들이 무언가를 부지런히 잡고 있는 바닷가의 바위 더미로 들어가 무슨 생물이 있나 구경하고, 소라게를 하나 집어 올렸다가, 게를 잔뜩 잡은 아주머니와 인사를 나누고, 그렇게 아내와 둘이서 손을 잡고 바위 사이를 걸어다니며 구경하다가, 어느 가게 마당의 개한테 놀라 자지러지고, 아무 카페에나 들러 시원한 아메리카노를 마시며 누리는 기쁨 같은 것은, 내가 좇아가야 한다고 믿었던 그런 '이미지'와는 꽤나 무관한 곳에서 일어나는 행복이었던 것이다.

둘이 나설 때면, 처음에는 조금 어색하다가, 음악을 들으며 둘이서 걷다 보면, 금방 세상에 둘만 있는 듯한 기분이 된다. 그리고 아이한테서는 그 순간 아예 '벗어나' 버린 듯한 미안함이 든다. 그런데 우리는 사실 불과 한 해 전과 그다지 달라진 것이 없고, 둘이 있으면 그저 연인 같으며, 아직도 둘만의 세계감을 알고 있어서, 아이를 두고 나왔을 때의 그 현실감을 금방 생생하게 느끼는 것 같다. 그것은 내가 막연히 좇는다고 믿었던 그런 '청춘의 이미지'와는 다른 그것 자체로의 온전함으로, 소소함으로, 다정함으로, 그런 세계감과 함께 누려진다.

그러니까 사실 외부에서 보여지는 이미지라든지, 대상화되는 방식으로의 이미지 같은 삶이란, '실제 삶'과는 거의 무관한 게 아닌가 싶다. 설령 여기저기 흠집이 난 볼품없는 중고차를 타고 있더라도, 그 속에는 우리가 사랑하는 음악이 흐르고, 창밖으로는 유난히 예쁜 달이 떠있고, 우리 사이 서로에 대한 다정함이 흐른다면, 역시, 아무래도 상관이 없는 것이다. 또한 굳이 값비싸고 근사한 소비 생활에 속해있지 않더라도, 아무렇게나 걸은 조촐한 바닷가의 끝에서, 프랜차이즈 아이스 아메리카노 한잔만 마시더라도, 그것으로 행복은 완성된다.

살아갈수록 그런 것을 배운다. 하루하루를 그것 자체로 인정하는 것, 이곳이 아닌 먼 곳의 무언가에 매달리지 않는 것, 이 순간의 다정함이 전부라는 것, 그 속에 안착해야만 한다는 것을 말이다.

어느 존재의 등을
바라보는 일

여름 휴가 일정 중에 모처럼 날이 개어 바닷가의 끝에서 끝까지 걸었다. 우리 휴가 중 반 이상은 비 내리는 장마였기 때문에, 오후에 잠시 해가 뜨자마자 우리는 부리나케 해변으로 달려나갔다. 아이는 장염 증세가 있어서 아침부터 병원에 다녀온 터였다. 나도 약간 감기 기운이 있는지라 수영은 포기했지만, 그래도 다시 모래사장에 돗자리를 펴고, 파라솔과 의자를 놓고, 토스트와 과일 주스를 들고 해변에서의 오후를 보냈다. 아내는 바다가 너무 좋아서, 집으로도, 어디로도 돌아가고 싶지 않다고 했다. 드넓은 바다, 시원한 바람, 자유로운 느낌, 그런 것들이 아내에게 무언가를 되돌려주는 것 같았다.

아이는 여전히 바다를 무서워했다. 그래도 부지런히 아이를 안고 다니면서 바다에 발도 담그게 하고, 해변을 걷기도 했다. 아내는 이 일주일간의 휴가를 기억하기 위해 예쁜 조개껍데기들을 모으자고 했다. 나는 한 손에 아이를 안고 조개껍데기를 몇 개 주웠는데, 아내와 모은 것을 합쳐보니 꽤나 다양한 색깔이 모였다. 아이도 시간이 제법 흐르니 바다에 적응한 듯, 혼자 모래 위를 걷기도 하고, 주위에 흥미를 보이기도 했다. 저녁에는 아버지와 여동생이 이쪽으로 오기로 했던 터라, 아내는 그때까지 숙소에도 들르지 말고 계속 해변에 있자고 했다. 나도 그러자고 했다. 해 질 무렵이 되어서는 약속 장소인 해변의 끝까지 걸어갔다.

우리가 '일주일 살기'로 고른 동네는 부산에서도 비교적 한적한 곳이었다. 그래서 막히는 것 없이 드넓은 하늘과 해변만이 아직 그대로 놓여있었다. 그 단순함이 아내는 너무 좋다고 했다. 광안리나 해운대의 사방이 꽉 막힌 듯 인위적인 번잡스러움은 우리와 맞지 않는다고 늘 느껴왔다. 우리가 찾는 건 늘 그보다 한적한 바닷가들이었다. 그곳의 소박함도 우리와 어울린다는 느낌이 들었다. 장마의 틈새로 드러난 하늘은 무척이나 투명하고 아름다워서, 그 속에 있는 우리 셋의 시간이 앨범 어딘가에 붙박이는 듯했다. 언젠가 기억하게 될 이 바닷가와 우리 셋의 시간이 그렇게 바닷가를 따라 필름처럼 늘어졌다.

휴가에 와서 종종 어느 고유한 순간에 대해 느끼게 되는 때가 있다. 아이의 손을 잡고, 아이에게 세상을 구경시켜주며, 아이가 사물들에 관심을 보이는 걸 옆에서 지켜봐주는 순간들이다. 그때 나는 그 무엇도 아닌, 정말이지 아이의 보호자로서, 아이를 바라보며, 아이와 함께 있는 그런 존재로만 그 순간 있게 된다. 어떠한 다른 목적도 없고, 실용적인 이익도 없고, 누군가에게 잘 보이기 위해서라든지, 나를 위한 그 무엇도 그 순간에는 없다. 그저 아이를 바라보는 한 존재가 되어있을 뿐인데, 그 순간이 이상할 정도로 낯선 것이다. 내가 이런 존재가 된 적이 있던가, 이렇게 '나'라는 존재가 물러난 적이 있었던가 싶은 것이다.

적어도 그 순간, 무대의 주인공은 내가 아니다. 이 세상도 나의 세상이 아니다. 무대에는 오직 아이만이 있다. 아이만이 나뭇잎에 맺힌 물방울을 바라보고 있고, 그것이 신기하여 손을 뻗고 있고, 걸음을 떼고 있다. 그리고 그런 아이를 바라보는 내가 무대의 배경처럼, 단지 보호자로서, 혹은 지구 바깥의 신처럼 그렇게 고요히 존재하는 것이다. 그런 순간을 자각할 때면, 묘하게 이 이상하고도 고유한, 특별한 순간이 이 세상 어딘가에 영원히 박제될 것만 같은 기분을 느끼게 된다. 어쩌면 아빠가 된다는 것은 확실히 그런 순간과 관련이 되어있을지 모르겠다. 무대 위에 아이를 올리고, 아이가 세상을 살아가는 모습을, 자신의 의지로 이 세상을 알아가는 모습을 바라보는 존재가 된다는 것, 그런 존재성을 내 안에 하나 더 가진다는 것, 내가 내 삶의 주인이기만 해야 했던 주인공의 역할을 때론 물릴 줄 알게 된다는 것, 그 지점에서부터 부모가 되는 게 아닐까 싶었다.

그렇게 어느 존재의 등을 바라본다는 것을 알아가게 된다. 그리고 그 앞, 그 느낌은 지금껏 내가 삶에서 가져왔던 어떤 종류의 믿음이나 집착에서 다소간 벗어날 수 있게 해주는 것만 같이 생각된다. 내가 무엇을 할 것인지, 내가 어떤 존재로 받아들여질 것인지, 매 순간 내 삶을 어떻게 만들어갈 것인지만이 가장 중요했던 삶이 얼마나 협소하고 단순한 것이었는지를 느끼게 된다고 해야 할까. 삶은 오직 그런 물음들로만 가득 채워져 있다고 믿어질 때가 있지만, 알고 보면 그것은 삶의 일부에 불과하고, 삶은 보다 넓고 깊은 층들을 지닌 것이어서, 내 존재도 여러 갈래로 분화되며 다층적이게 될 수 있다는 걸 알게 된다. 이 느낌은 정말이지 오묘한 것이어서, 더 명확히 이해하려면 시간이 걸릴지도 모르겠다.

바다의 끝에서 내가 느낀 것은 나는 더 이상 혼자가 아니라는 것이었다. 이 바다 앞에서도, 하늘 아래에서도, 나는 더 이상 혼자가 아니었다. 내 삶은 단독자로서 마주해야 할, 저 넓은 우주 아래 홀로 존재하는 고독한 인간의 것이 아니었다. 나는 함께였고, 함께일 것이었고, 이 삶의 주인공도 결코 나 혼자가 아닐 것이었다. 내 삶이라는 것은 결코 나만 혼자서 줄곧 주인공으로 등장하는 무대가 아니라, 때론 내가 조연이 될 때도, 주인공이 여럿일 때도 있는 그런 무대였다.

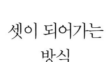

셋이 되어가는
방식

운동 가는 아내를 데려다주고, 아이와 둘이서 마트를 갔다. 마트에 도착하니 아이는 신이 나서 몇 개 있는 놀이기구 쪽으로 걸어가기도 하고, 게임을 하는 다른 아이들한테 집적대기도 한다. 장난감 코너로 가니, 한참 동안 눈이 휘둥그레져서 주변을 샅샅이 뒤지고 다니느라 정신이 없다.

아이와 둘이 있는 시간은 행복하다. 아이는 내가 자신의 보호자라는 걸 알고, 수시로 나를 확인하면서도, 눈앞의 세상에 어쩔 줄 몰라 신이 난다. 지나가는 사람들은 아이에게 인사를 건네주고, 너무 귀엽다며 잠시 놀아주기도 한다. 내가 할 일은 그저 아이를 지켜보는 것, 가끔 손을 닦아주거나 넘어지면 일으켜 세워주는 것, 엄한 물건에 손을 대면 그러지 못하게 하는 것

정도이다. 신이 나서 자유를 만끽하고 있는 아이를 보고 있으면, 이상하게 기분이 좋다.

아이가 느끼는 세상을 조금은 전염되듯이 느낄 수 있다. 마트 천장의 형광등이며, 진열된 온갖 물품들이며, 지나다니는 사람들, 두 발로 눈에 보이는 끝까지 달려가고 싶은 마음, 그런 설렘, 세상을 앞에 둔 신기함, 호기심, 주체할 수 없이 솟아나오는 몸 안의 에너지, 그런 것들이 내가 속한 세계를 적셔준다. 혼자라면 아무 의미도 없을 마트 2층의 복도 따위가, 아이와 함께 있으면 작은 별천지가 되는 듯하다.

아이가 또 좋아하는 곳은 우리 집 주차장의 수도꼭지이다. 차에서 내리면, 아이는 부리나케 수도꼭지가 있는 곳으로 달려간다. 그리고 수도꼭지를 틀었다 닫았다 하며, 물이 올라오는 소리와, 물이 흘러나오는 모습과, 그 물이라는 신비로운 물질이 흩어지고, 손에 닿고, 잡을 수 없는 과정들에 흥분하여 무척이나 몰두한다. 온몸이 다 젖도록 그렇게 놀고서도, 집에 데려가려고 하면 더 놀고 싶다고 발을 동동 구른다. 그런 모습을 보고 있으면, 정말이지 이해하기 어려운 행복감 같은 게 피어오른다.

운동이 끝난 아내를 만나서 마트와 붙어있는 백화점의 식당에 갔다. 컨디션이 좋은 아이는 아기 식탁에 앉아, 온갖 사람들을 관찰한다. 일하는 분도 몇 번이나 아이에게 와서 인사를 하고, 옆 테이블에 앉은 사람들도 아이를 보며 웃고, 손을 흔든다. 그러면 아이는 신이 나서 자지러지게 웃고, 부끄러워 고개를 돌리고, 그러면서도 또 사람들을 부지런히 쳐다본다. 아이는 성격이 밝고, 낯을 덜 가리고, 잘 웃어서 밖으로 나서면 동네 사람들의 사랑을 많이 받는다.

아내는 몇십 년 뒤의 어느 날을 상상하며 말했다. 아이는 대학을 가고, 우리 둘만 어느 날 이렇게 저녁을 먹으러 나왔는데, 한 신혼부부가 돌이 막 지난 아이와 깔깔대며 즐거워하는 모습을 보고 있으면, 무척이나 이 시절이 생각나고 그리울 것 같다고 했다. 정말 그럴 것 같았다. 아마 아장아장 걷는 이 아이를 보며, 많은 사람들이 그런 마음일 것 같았다.

아이가 조금 더 걷고 싶어 하는 것 같아서, 백화점과 주차장이 이어지는 경사로에 아이를 잠시 내려두었다. 그랬더니 아이는 부지런히 경사로를 왔다 갔다 하면서도, 결코 내 시야에서 벗어나지 않았다. 손님이 없어 한산한 백화점의 직원들이 아이에게 다가와 과자를 건네주고, 놀아주었다. 먼 점포에서도 아이를 보러 오기도 했다. 지나가는 사람들이 무척 귀엽고 예쁘다면서 다들 인사를 하고 지나갔다. 한 중년 여성은 전화를 하면서 걸어오고 있었는데, 아이와 마주치고는 전화에 대고 "어머, 지금 내 앞에 엄청 귀여운 아기가 있어." 하고는 지나갔다. 아이 한 명이 작은 천국을 만든다. 잔잔하게 분위기가 흩어진다.

아내는 집에 돌아와 무척 행복한 하루였다면서, 내가 남편이어서 너무 다행이고 좋다고 했다. 사실, 아내는 며칠 전에 내가 연애 때만큼 다정하지 않다면서, 다정한 줄 알고 결혼했다가 이대로는 그 시절의 마음이 다 없어질까 봐 걱정이 된다고 했다. 그런 기분의 날도 있고, 이런 기분의 날도 있다. 아내가 운동을 가고, 셋이서 함께 동네 저녁 나들이를 하는 이런 날이면, 우리의 기분은 늘 좋았던 것 같다. 아이는 점점 더 사랑스러워지고, 우리는 점점 더 셋이 되어가고 있다.

일상을 다독이며
조금 더 잘 살아내기

일상을 다독이는 데 조금 신경을 쓰고 있다. 유칼립투스 등이 배합된 오일을 사서 매일 한 방울씩 옷이나 수건에 뿌려둔다. 그럼 무미건조한 일상이 조금은 화사하게 느껴진다. 자주 물을 끓여서 차나 커피를 마시고, 쑥뜸이나 작은 마사지 기계도 활용해보려 하고 있다. 피부도 조금은 신경을 쓰려 하고, 먹고 마시는 것도 너무 균형이 깨지지 않게 관심을 가져보고 있다.

아내는 연애 시절 내가 차 향기 나는 사람이라 신기하고 좋았다고 한 적이 있다. 집에 놀러 가면 항상 종류별로 차를 내어주고, 데이트할 때도 이따금 보온병에 무언가를 타 와서 주곤 하던 게 참 좋았다는 것이었다. 그런데 결혼하고 여러모로 정신없는 생활에 놓이다 보니, 생전 안 먹던 콜라를 마시고 몸에 좋지도 않은 젤리를 찾아 먹고 하는 걸 보고 실망이라고 말했다. 일상이 무너진다는 게 참 한순간이라는 생각이 들었다. 더군다나 아이가 생기고 바깥일로도 바쁘다 보면 더 그렇게 되기도 하는데, 그럴수록 일상에 의미 있는 규칙들을 만들 필요도 있다고 느낀다.

일상의 어떤 분위기나 양식이라는 건 의식적으로 세우려 하지 않으면 금방 무너지고 만다. 얼마 전, 집에 둘 만한 생화를 몇 송이 샀다. 밥 한 끼 돈이면 일주일을 두고서 집안의 분위기에 생기를 더할 수 있는데, 여유가 없다 보면, 그럴 마음도 먹기가 힘들다. 책장을 정돈하고, 액자를 걸고, 매일 아침 마실 커피를 내리고, 저녁이면 함께 먹을 디저트를 준비하고, 그런 것들이 쉽지가 않다. 그래도 하루 몇 곡쯤은 가만히 앉아서 좋아하는 음악도 듣고, 건강한 향과 맛도 즐기고, 서로의 몸을 돌보면서 살아내는 게 참 중요하다는 생각이 든다.

어차피 살아가는 일이라는 게 돈 잘 벌고, 내 할 일 하고, 성취를 이루는 것처럼 다 똑같다고 생각할 수도 있겠지만, 나는 조금 다르게 믿고 있다. 자기가 속한 공간과 몸과 분위기 같은 것들이 전반적으로 안정감 있게 유지되는 환경은 정말 중요한 것이어서, 삶의 질을 결정적으로 좌우하는 것이 아닐까 싶기도 하다. 정기적인 산책, 글쓰기, 명상, 기도, 수다, 괜찮은 향기, 집안의 구조, 화분이나 꽃병처럼 포인트가 되는 생명의 흔적들, 저녁마다 하는 환기, 무언가 함께 먹고 이야기하는 시간 같은 것들을 잘 유지해내느냐 그렇지 못하느냐가 삶에 생각보다 큰 부분을 차지할 거라 믿는다.

인생이라는 걸 그렇게 유지하고 보호해나간다는 관점에서 차근차근 밟아나간다면 역시 좋을 것 같다. 그렇게 살 수 있기를 바라면서, 일상에 무엇을 채우면 좋을지 생각해본다. 인간으로서의 어떤 존엄, 태도, 최후의 분위기 같은 것을 지켜내는 일이야말로 삶의 보루가 된다고 느낄 때가 있다. 매일 조금 더 잘 살고 싶다고 생각하게 된다.

작은 호의들로
채워가는 삶

아내를 처음 만나고 얼마 지나지 않은 크리스마스 무렵이었나 보다. 아내와 어느 주차장에서 나오는데, 주차비를 받고 있던 분이 할아버지였다. 나는 창문을 내리고 얼마가 나왔는지 묻고, 돈을 건네면서 가지고 있던 크리스마스 사탕을 그분에게 건네주었다. 크리스마스 잘 보내시라고 하면서 말이다. 그 시절은 이제 막 연애도 시작하고, 아내와 있는 것만으로도 설레고 들떠있던 때여서, 그저 그렇게 좋은 기분을 여기저기 뿌리고 다녔던 것 같다.

몇 년이 지난 크리스마스 무렵의 어느 날에도 혼자 주차장에서 나오는데, 마침 주차비를 받는 사람이 대학생인 것처럼 보였다. 그는 날이 추워서 그런지 따뜻한 차 같은 걸 마시고 있었는데, 내가 창문을 내리자 황급히 컵을 내려놓고 영수증을 받아 살펴보았다. 나는 해오던 작은 일이 하나 끝나서 해방감으로 조금 기분이 좋았고, 모처럼 혼자 마트도 둘러보고 나서여서 그랬는지 몰라도, 그에게 영수증을 돌려받으면서 주머니에 있던 사탕 하나를 건네주었다. 그는 무척 밝은 얼굴을 하면서 좋아했다. 돌아오면서는 이런 작은 선의들을 왜 평소에는 잊고 지내는지 의문이 들었다.

어쩌면 우리 사회가 더 이상 서로에게 낯선 호의나 선의를 베풀기도, 받기도 바라지 않아서일지도 모르고, 누군가에게 그런 작은 '기분 좋음'을 건네줄 여유조차 없이 각박해졌기 때문일지도 모른다. 한편으로는 그런 류의 기분 좋음, 지나가고 마는 호의의 교환 같은 것들의 무용함 때문일지도 모르겠다. 모든 베풂은 기브앤테이크를 전제해야만 하는 것이고, 돌려받을 가능성 없이 무언가를 주거나, 누군가를 기분 좋게 해주는 건 그 자체로 어리석고 쓸모없는 일이라는 관념이 무의식 깊은 곳에 박힌 것일 수도 있다. 이유가 어찌 되었든, 그 모든 일은 다소 씁쓸한 데가 있다는 기분이 든다.

그런데 생각해보면, 내가 그런 류의 '작은 호의'들을 전혀 뿌리지 않는 건 아니다. 매일 만나는 주변 사람들에게는 항상 사탕이나 초콜릿을 준다. 나는 스스로의 기분 전환을 위해 늘 그런 걸 들고 다니기 때문이다. 그러면 누구든 고마워하고 좋아한다. 그리고 그렇게 건네줄 때마다, 기분 좋아하는 사람들을 보면 나도 기분이 좋아진다. 그저 그게 전부인 것이다. 그걸로 무슨 이익이나 손해가 있는 것도 아니고, 매일 여기저기 주고 다니는 사탕 몇 개 따위가 일상의 작은 부분들을 적셔주는 것이다.

요즘에는 아이를 데리고 나가면, 누군가 아이에게 꼭 무언가를 쥐어준다. 아이는 과자나 사탕, 초콜렛 같은 걸 받아서 작은 손으로 꼭 쥐고 돌아온다. 사실 대부분은 아직 아이가 먹기에 너무 단 것들인데, 그저 묘하게 기분이 좋다. 내 아이를 누군가 예뻐해주어서라기 보다는, 세상에 그런 호의들이 남아있다는 게, 어딘지 따뜻한 기분이 들고 안심이 된다. 사실 사람들은 그런 작은 선의들이 이 삶을, 이 세상을 채우길 진정으로 바라고 있을지도 모른다.

삶의 진행 속도에 대해
이질감을 느낄 때가 자주 있다

삶의 진행 속도에 대해 이질감을 느낄 때가 자주 있다. 옛날에 알던 사람들을 오랜만에 다시 만난 자리에서, '그동안 나만 그렇게 정신없이 내달렸고 어딘가로 훌쩍 이동해버렸구나.' 하고 생각할 때가 있다. 반대로, 나는 한참이나 지체되었고 거의 변한 것 없이 오랫동안 그대로인 것 같은데, 사람들은 너무도 멀리 나아가서 언제까지도 그들을 따라잡을 수 없을 것처럼 생각될 때도 있다.

그럴 때면 '저마다의 삶에는 각자에게 맞는 속도와 과정이 있다.'라는 말이 영원한 인간사의 진실처럼 느껴지기도 한다. 그런데 동시에 삶의 속도가 우리 사회에서 얼마나 빈번히 비교와 우열감, 박탈감이나 외로움을 낳는지 생각해보면, 누군가에게는 빠른 속도가 혜택처럼 주어지고, 누군가에게는 느린 속도가 징벌처럼 내려지는 것 같기도 하다. 그렇지만 아무리 전쟁 같거나 환경적으로 어려운 삶이더라도, 결국 모든 사람에게는 어느 정도 삶의 긍정이 필요하다. 그럴 때 자기 삶에 '자기만의 속도가 있다.'고 믿는 일이 그 자체로 나쁜 것은 아닐 것이다.

　나는 내 삶의 속도를 아주 믿는 편이다. 이를테면, 저마다 사람에게 각자 다르게 찾아오는 사주팔자의 대운 따위를 믿듯이 말이다. 나에게는 나만의 속도가 있어서, 그 무엇이 남들보다는 조금 빠를 수도 있고 다른 무엇은 남들보다 조금 느릴 수도 있지만, 어떤 것이든 내 삶에 가장 적절한 순간에 도래하리라는 삶에 대한 신뢰가 있다. 이는 마치 비가 내릴 때까지 기우제를 드리는 원주민이나 구원이 올 때까지 기도하는 그리스도인을 닮았다. 그러니 언제나 '할 수 있는 일 그리고 해야만 하는 일'이라는 기도를 매일같이 해내면서, 삶이라는 신이 내게 무엇을 줄지 기다리는 것이 내가 살아가는 방식인 것이다.

　그럴 때, 가장 중요한 것은 언제나 나 자신을 지금 여기에 두면서 오늘 아침 시작하는 성실성 속에 파묻히는 일이다. 여기에서는 그 무슨 일이 일어나더라도, 그리 나쁘지 않다. 그게 기쁜 일이라면 기뻐하면 되고, 슬픈 일이라면 슬퍼하면 된다. 그러나 그 무엇도 그리 잘못되지는 않는다. 거대한 서사 속에서의 실패나 성공이 있는 게 아니라, 그저 매일 몰두하는 하루들만이 있을 뿐이다. 그 정도의 감각으로 평생을 살아가는 것이다.

항상 새롭게 시작되는 달을, 새롭게 시작되는 계절을 상상하며 살아가는 일이 지치지 않는다. 이번 겨울은 어쩐지 아주 새하얄 것 같은 느낌이 든다. 아주 하얀, 세상을 지워버린, 고요하고 하얀 입김만이 허공으로 번지는, 어떤 겨울나무와, 눈 내리는 벌판과, 홀로 혹은 둘만 있는 세계와, 낯선 고장 같은 것들을 생각한다. 언제나 겨울 속에 있으면, 겨울이 끝나지 않길 바랐던 기억이 난다.

그러나 또 여름이 시작할 적이면, 나는 그 여름에 다가올 모든 느낌들을 사랑할 수 있으리라 생각한다. 저마다의 계절에는 그 시절 내게 어울리는 일들이 일어나리라 믿는다. 누군가는 내가 수영하는 계절에 저만치 앞서가있을지도 모르고, 내가 웅크린 계절에 너무 늦어버린 삶을 후회하고 있을지도 모른다. 그러나 나는 어쩐지 그저 그 계절에, 언제나 그 어느 새하얌이나 뜨거움 속에서 온전할 수 있을 것만 같다. 그저 나의 속도조차 무색해지는 어떤 장소들 안에서 살아가는 일에 만족할 수 있을 것만 같다. 지난 삶을 돌이켜보면, 그런 믿음이 허구가 아니라는 걸 알게 된다. 삶은 그저 나름의 굴곡을 따라 그렇게 흘러가는 것이지 않나 싶다.

타인을 상상하는
방식

많은 경우, 타인을 대하는 태도는 그 사람 자체의 성격보다도, 그 사람이 타인을 상상하는 방식과 관련되어있는 듯하다. 내 앞에 있는 타인이 나를 사랑한다고 믿는 사람은 자칫 아쉬울 수 있는 말이나 행동도 아쉽게 느끼지 않는다. 어차피 이 사람은 나를 사랑하고 있으므로, 내가 그렇게 믿고 상상하고 있으므로, 그 사람의 어떤 실수 같은 말이나 행동이 나를 미워해서라기 보다는, 별 의미 없는 행동이라 생각하기 때문이다.

그러나 반대로, 연인이 나를 사랑하지 않는다고 믿는 사람은 그가 하는 모든 행동이 아쉽다. 그의 사소한 거절, 작은 무관심, 별것 아닌 말투 하나하나가 모두 나를 사랑하지 않는 증거로 느껴진다. 그래서 그가 나를 사랑한다고 믿고 있었을 때는,

아무것도 아니었던 모든 일들에 화가 나고, 그가 밉고, 아쉽고, 슬프고, 아프다. 그것은 그 사람이 사소한 것에 예민한 성격이어서 그렇다기보다는, 상대가 나를 사랑하지 않는다고 믿고 상상하고 있기 때문일 것이다.

세상 관계들도 마찬가지다. 누군가 나를 좋아한다고 믿는다면, 대개 그가 나에게 어떤 아쉬울 수 있는 말이나 행동을 해도 별로 신경 쓰이지 않는다. 욕을 해도 친근감의 표현으로 느껴지고, 연락을 안해도 그냥 바쁜가보다 생각하고, 설령 나를 소외시키는 어떤 행동이나 말을 해도 아쉽지 않다. 반대로, 나를 그다지 좋아하지 않는다고 믿는 사람이 그런 행동을 하면, 그에 대해 화가 나고, 짜증이 나기도 한다.

세상에는 다른 모두와 잘 지내는 것 같고, 활기차고, 예민하지 않고, 흔히 '성격 좋아 보인다'고 일컬어지는 사람이 있을 수 있다. 그러나 사실 그렇게 '성격이 좋아 보이는' 것은 그가 자신에 대한 타인들의 마음을 긍정적으로 상상한다는 뜻이다. 이 사람이 왜 나를 싫어하겠어? 굳이 나를 싫어할 이유가 없는데? 혹은 이 사람도 나를 좋아하겠지, 대개 사람들은 나를 좋아해, 하고 그저 믿고 상상하는 것이다. 그런데 실제로 많은 관계에서 타인의 속 깊은 진심까지는 알기 어렵다. 그저 그렇게 상상하며 타인을 대하는 것이다.

그래서 실제로는 한 사람이 다른 사람을 좋아하더라도, 그 다른 사람은 그렇지 않다고 믿으면 그 관계는 유지되기 어렵다.

심지어 서로를 좋아하고 있다고 해도 마찬가지다. 관계에서 중요한 것은 서로를 진심으로 좋아하느냐 아니냐보다, 오히려 서로가 서로를 좋아한다고 상상하고 믿느냐 아니냐일 수도 있다. 연인들은 마음 속을 파고드는 외로움, 결핍, 불안 때문에 상대가 자신을 사랑하지 않는다고 믿는다. 그러나 사실 먼저 상대를 사랑하지 않은 건 자기 자신일 수도 있고, 그 관계에 더 이상 만족하지 못해서 외롭거나 불안한 것일 수도 있다. 하지만 바로 그 스스로의 결핍 때문에, 상대방이 나를 사랑하지 않는다고 믿게 될 수도 있다. 혹은 둘 다 서로를 참으로 사랑하고 있지만, 다른 마음의 이유 때문에, 그렇다고 믿지 못해서 헤어지는 연인들도 있다.

나는 그 누군가가 나를 미워한다고 믿는 습관이 있었다. 그러나 살아가면 살아갈수록, 그런 상상보다는 반대의 상상이 좋은 경우가 많다는 걸 느끼곤 한다. 상대가 나를 좋아한다고 상상하면, 자칫 안 좋아질 수 있는 관계마저 좋아지는 경우도 많다. 그리고 실제로 세상 사람들이 내가 상상하는 만큼 나를 미워하지 않는다는 것도 많이 깨달았던 터였다. 그것은 모두, 나를 좋아한다고 말해주었던 모든 사람들 덕분이다. 나를 좋아한다고 해주었던 사람들로 인해, 나는 천천히 치유받았다. 그렇게 여기까지 왔다.

3.

다정한 마음이 남는다

: 사랑을 지키는 법

삶을 삶답게
만드는 것

위로받기보다는 먼저 당신을 안아줄 수 있는 사람이 되어야 하는데, 내가 그런 사람인지 의심스럽곤 하다. 그런 의심이 들 때면, 어딘지 잘못 살고 있다는, 잘못하고 있다는 생각에 마음이 움츠러든다. 어느 시절에는 하루하루 힘겹지 않은 날이 없는데, 그런 날들 속에서도 곁에 있는 사람을 안아줄 수 있는 마음 정도는 남겨놔야 한다는 생각이 든다. 기댈 곳이 필요하다는 마음보다도, 하루 중 잠시라도 기댈 곳이 될 수 있다는 사실이 나 자신을, 삶을 지켜준다는 생각이 들곤 한다.

나라는 존재가 이 삶에서 어떤 가치가 있다면, 역시 온갖 사람들에게 기대면서 의지하는 것보다는, 누군가 기댈 수 있는 사람이 되었을 때일 것이다. 다소 힘들고 어려운 나날들 속에서도, 내가 사랑하는 사람만큼은 잠시 와서 나라는 그늘이 존재한다는 걸 느껴줄 수 있어야, 그 삶이 온전한 삶이지 않을까 싶다. 때로는 내가 그런 순간들을 내 삶에서 확보해내고 있는지 의심스럽고 걱정스럽다.

삶에서 피로를 느끼지 않는 사람은 아마 없을 것이다. 어느 시점부터 삶에는 매일 던져버릴 수 없는 의무들이 놓이고, 누구나 그 의무를 받아들여야만 하는 시절이 온다. 아마 우리는 의무를 짊어지는 방법, 책임을 지는 방법을 배우기 위해 그토록 오랫동안 돌봄을 받았을 것이다. 부모님으로부터, 선생님으로부터, 그 밖의 어른들로부터 보호를 받고, 배려와 사랑을 받고, 믿음과 꿈을 수혈받으면서 그 오랜 시간을 누렸을 것이다. '너도 커서 누군가 기댈 수 있는 사람이 되렴. 다른 이의 그늘이 되어주고 누군가를 책임질 수 있기를 바란다.' 스스로의 힘겨움을 감내할 줄 알고, 그 가운데 빈자리를 만들 수 있기를 기원하며, 그 모든 돌봄들이 부드러운 눈송이들처럼 내 머리 위에 내려앉았을 것이다.

삶을 삶답게 만드는 건 타인에게 내어주는 자리일지도 모른다. 그것은 마치 바다가 그 염분으로 바다일 수 있는 것처럼, 초원이 태양으로 초원일 수 있는 것처럼, 삶에서 없어서는 안 되는 어떤 필수적인 부분일지도 모른다. 그래서 다른 어떠한 이유로, 누군가에게 내어줄 수 있는 자리를 잃어버린다면, 바로 그때야 삶이 무너질지도 모른다고 생각한다. 삶은 언제 삶이 아니게 되고, 언제 붕괴하며, 언제 주저앉고, 언제 초라하고 왜소해질까? 더 이상 누구도 내게 기대는 사람이 없을 때는 아닐까?

그래서 나 자신을 다정함을 품을 수 있는 사람으로 만들고자 한다. 몸 속에 피가 흘러야만 하듯이, 나의 삶을 다정함이 있는 삶으로 만들어주고 싶다. 내가 내 안의 피로들을 이겨내고, 내게 도래하는 어떤 정신적 압박들을 깨뜨려 헐어버리고, 매 순간 명료한 정신으로 나 자신과 나의 시간과 곁에 있는 사람을 대할 줄 아는 사람이 되면 좋겠다. 나의 몸이나 내 현실의 어떤 압박이나 나를 짓누르고 공격하는 어떤 삶의 요소들이, 내가 지닌 한 뭉텅이 작은 그늘을 훼손하지 못하도록, 지켜내고 방어할 수 있는 사람이었으면 싶다. 그래야만 나 자신도, 내가 속한 이 삶도 사랑할 수 있을 것만 같다.

사랑이란
선언적인 것

아내와 사랑이란 무엇일까에 대해 이야기를 나누다가, 결국 사랑은 '선언적'인 게 아닐까 하는 잠정적인 결론을 내렸다. 우리 안에 들끓는 그때그때의 무수한 감정들을 붙잡고, 어느 순간 '이것이 사랑이다.'라고 스스로에게 선언하는 순간, 그것은 사랑이 된다. 반면, 그러한 감정들을 그저 무시하고, 지나치고, 잊어버리고, 억누르다 보면, 사랑은 딱히 발생할 여지가 없어진다.

이를테면, 누군가를 만나 어떤 긴장감을 느꼈을 때, 단지 그 긴장감을 다소간의 불쾌함이나 불편함이라 생각할 수도 있다. 그러나 반대로 '이것이 사랑인가?' 하고 생각하기를 반복하다 보면, 그것은 정말 사랑이 되어버리기도 한다. 아마도 사랑이란 별도의 실체 같은 것은 아니지 않을까 싶다. 그저 말함으로써, 반복됨으로써, 그렇게 사랑이 '되어가는' 일만이 있을 것이다.

당신에게 때때로 느끼는 다소간의 불쾌한 감정, 답답한 마음, 약간의 싫증이나 피로감에 대해 일일이 '이것은 당신을 사랑하지 않아서인가보다.' 하고 생각하면, 그것은 정말로 사랑이 아니게 되어버린다. 애초에 사랑이란, 굉장히 단단히, 훼손할 수 없이 존재하는 실체 따위가 아니라, 부단히 말해가는 '과정 그 자체'이기 때문에, 그런 식의 언어 활동은 그 자체로 사랑의 존재 형식에 '반하는' 것이다. 말하자면, 달리기란 달리는 동안에만 달리기인 것이지, 달리기를 멈춘 상태에서는 달리기가 아니라, 그저 멈춤인 것과 같다.

어떠한 상황이나 감정 속에서 '그래도 내가 당신을 사랑하지.' 하는 그 생각, 그 언어 활동, 그 선언적 내면이야말로 그 자체로 사랑이다. 그 존재 형식에서 벗어나는 순간, 사랑도 끝난다. 감정은 원래 다채롭다. 누구에게든 다양한 감정을 느낄 수 있다. 그러나 결국엔 그 감정을 어떻게 받아들이고 선별하여 해석하느냐에 따라 어떤 관계는 사랑의 관계가 되고, 어떤 관계는 그렇지 않을 뿐이다.

결국 사랑이란, 그렇게 끊임없이 되어감으로써만 존재할 수 있는 무엇이 아닌가 싶다. 당신을 처음 마주했을 때, 당신을 유심히 바라보며 관찰했을 때, 당신의 어떤 몸짓을 기억했을 때, 그러한 사소한 순간들을 하나하나 사랑이라 믿고, 말하고,

해석하면서, 사랑은 더 사랑이 되어간다. 그렇게 되어감 이외의 사랑이란 없을 것이다. 그런 것은 당연히 붙잡을 수도 없고, 믿을 수도, 의지할 수도 없을 것이다.

어제 당신을 사랑한다 믿었던 일을 기억하는 것, 오늘 당신을 사랑하는 것, 그리고 내일도 사랑하리라 믿는 것. 결국은 그 무한한 순환고리, 논리가 파괴되는 동어반복과 자가당착의 세계 속에서 어떻게든 버티며 빠져나오지 않는 것. 그게 사랑의 전부일 것이다.

무언가를
줄 수 있는 사람

사람이 성장해간다는 것은 누군가에게 무언가를 줄 수 있는 사람이 되어간다는 것을 뜻하는 듯하다. 아기는 자신의 의지로 받을 수 있지만, 아직 줄 수는 없다. 물론 존재 자체로 부모에게 기쁨을 주겠지만, 자신의 의지로 주는 건 아니다. 누군가에게 무언가를 주려는 의지와 실제로 줄 수 있는 능력은 아직 가지지 못했다. 아이는 점점 커가면서 이것들을 얻게 될 것이다.

무언가를 받는 기쁨은 누구나 잘 알고 있고, 손쉽게 누릴 수 있는 것이다. 그러나 무언가를 주는 기쁨은 경험을 통해 알게 되며, 배우는 일을 필요로 한다. 그러나 일단 주는 기쁨을 알게 되면, 결코 받는 기쁨, 혹은 자기를 위해 지켜내는 방어적인 이익만이 인간을 구성하는 유일한 본능이 아님을 알게 된다. 줄 수 있으면, 확실히 행복해진다. 주는 기쁨을 알게 되면, 자아의 많은 문제들이 해결된다. 줄 수 있는 방법을 배워나갈수록, 삶은 안착되어간다.

나는 인간의 모든 행위나 삶의 전체 과정을 '자기 이익을 위한 것'이라고 보는 데 동의하지 않는다. 우리 시대에 모든 사람이 오직 자기 이익을 위해서만 살아간다는 생각은 어쩌면 가장 흔한 관점이 되었다. 많은 사람들이 자기 자신이나 타인의 삶을 바라보며 모두가 자기 이익을 위해서만 살아간다고 믿는다. 모든 사람이 결국은 이기적인 목적으로 삶의 모든 부분을 구성한다고 생각하고, 그런 시선에 깊이 물들어서, 타인들에 대해서도 오직 그런 편견으로만 보는 것이다.

준다는 것은 멋진 일이다. 흥분되고 기쁜 일이다. 내가 무언가를 줄 수 있는 사람이라는 것, 내가 받았던 것을 다른 누군가에게도 줄 수 있다는 사실, 나의 모든 것을 건네어 그의 삶이 나아지는 것을 확인하는 일, 내가 누군가에게 좋은 영향을 줄 수 있다는 데서 오는 자아존중감에는 단순한 자기 이익이나 나르시시즘을 넘어서는 순간이 있다. 물론, 그렇다고 준다는 것이 아무런 이익을 바라서는 안 되고, 순수하게 이타적이어야 하며, 무조건적이어야 한다는 건 아니다. 그보다는 주는 것이 받는 것을 넘어서는 순간이 있다는 것이고, 그 경계선 이상, 그 영역의 존재에 관해 이야기하는 것이다.

출연료나 강연료가 아무리 많아도 '주고 있다'는 느낌이 들지 않으면, 그 일에는 별다른 기쁨을 느낄 수 없다. 그저 적당히 시간이나 때우고 이익이나 챙겨가야겠다는 생각이 든다. 그러나 듣는 이에게 무언가를 준다는 확신이 들면, 내가 줄 수 있는 사람이고 상대에게 이 시간이 가치 있으며 상대가 받고 있다는 느낌이 들면, 그때는 무엇을 얼마나 어떻게 돌려받는지는 그다지 상관하지 않게 된다. 주는 일에 몰입하고, 집중하며, 그것으로 그 시간은 완성된다. 주는 일 자체, 주는 경험 자체, 그로부터 오는 고양됨 자체가 돌려받는 것이 된다.

생각해보면, 나는 어릴 적 동생에게 한글과 영어, 미술을 가르치며 그러한 기쁨을 배웠던 것 같다. 내가 나의 지식으로 동생에게 도움이 될 수 있는 존재라는 사실에서 뿌듯함, 자랑스러움, 또 응당 해야 할 것을 할 수 있는 존재라는 온전함을 느꼈다. 그 뒤에도 나는 종종 그런 기회를 찾으려 했다. 내가 가진 것이 아무리 사소한 것일지라도, 누군가에게 무엇을 주는 기쁨을 얻고자 했다.

요즘에도 그런 경험을 삶에 심어두고자 애쓰고 있다. 아주 사소할지라도, 작가가 되고자 하는 누군가를 응원해주며 글을 봐준다든지, 내가 가진 지식들을 조금이나마 전달할 수 있는 기회들을 찾아보려 한다. 삶의 많은 시간은 나 자신을 위해, 내 가족을 위해 쓰이지만, 어느 정도는 타인들에게 무언가를 주고자 하는 일들이 나 자신이나 삶을 더 낫게 만든다는 것을 안다. 앞으로의 삶에도 그런 일들이 내 삶에 많이 새겨져 있으면 좋겠다.

다정함이란
흉내 내는 것

아마도 다정함이란, 흉내 내는 것 같다. 이 세상 어딘가에 마음 깊은 곳부터 다정함으로 꽉 찬, 그런 천사 같은 사람이 있을지도 모르겠으나, 내가 아는 선에서 그런 사람은 없다는 생각이 든다. 결국 다정함을 가진 사람도 언제나 스스로를 반쯤은 의심하기 마련이고, 스스로가 마냥 다정함으로 꽉 찬 존재라고 느끼지는 못할 것이다. 그보다는 언제나 자신이 반쯤은 다정함을 흉내 낸다고, 연기한다고 느낄지도 모른다.

부모가 되어 아이에게 다정하고자 할 때, 사랑하는 사람을 만나게 되어 연인에게 다정한 사람이 되고 싶을 때, 오랜만에 친구나 지인에게 어쩐지 다정한 말을 건네게 될 때, 잘 모르는 사람에게도 다정한 표정과 말투로 그의 마음을 헤아리고자 하는 순간에, 많은 사람들이 때로는 다정함을 연기하거나, 흉내 내는 것에 불과한 것 같고, 나아가 가식적이거나 위선적이라고 느낄지도 모른다. 그런데 사실, 그것이야말로 다정함의 본질이 아닐까 싶다.

누구도 다정함만으로 꽉 찬 마음을 가지고 태어나지는 않는다. 아이들은 대개 순수한 만큼이나 거칠고, 배려나 에티켓에 대한 감각이 떨어지며, 때로는 폭력적이거나 야생적이고 사납기도 하다. 그러나 나이가 들어가면서, 사람은 타인에 대한 다정함이라는 것을 보고 배우고 경험하면서, 스스로도 그런 다정함을 가지고 싶어 한다. 그렇게 스스로에게 어색한 다정함, 낯간지러운 다정함을 흉내 내면서, 조금씩 알게 되는 것이다.

그러나 그런 위선적인 다정함, 가식적인 다정함, 흉내 내는 다정함일지도 모르는 그것이야말로, 그 상대방에게는 온전한 다정함으로 다가온다. 그러면, 또 그 누군가는 다정함을 흉내 내고, 나는 다시 그 다정함을 온전히 받게 된다. 모두가 다정함을 흉내 내는 세상에서는, 다정함을 온전히 받는 사람들만 가득하게 된다. 사실, 다정한 관계란 그렇게 만들어지는 것일지도 모른다. 내가 당신을 위해서, 당신이 나를 위해서 살짝 자기 자신을 배반하면서, 자기가 아닌 자기를 연기하는 순간, 그 관계 사이에서는 진짜 다정함이 탄생한다. 내가 가진 다정함을 주는 것이 아니라, 그렇게 관계 사이에서 다정함이 창조된다.

다정함은 내면으로부터 비롯되는 진심에서 나오는 것보다

는, 그렇게 누군가가 베푸는 다정함을 보고 배워서 다정함의 옷을 입는 일에 가까울 거라는 생각이 든다. 타인에게 다정해지는 순간에, 우리는 다른 누군가가 베풀던 다정함의 순간을 바라보고 있고, 그런 다정함을 기억하는 나 자신을 바라보고 있다. 내가 아이에게 베푸는 다정함은 언젠가 나의 어머니가 내게 다정한 사람임을 연기하며 베풀었던 것이고, 그 다정함은 다시 나의 어머니에게 다정함을 알려주었던 그 누군가를 흉내 내면서 이어져 왔던 것이다.

아마 누구도 자신의 깊은 곳이 가득하고, 온전하며, 다정한 마음으로 채워져 있다고 느끼기 힘들 것이다. 나의 마음은 때때로 빈곤하고, 거칠고, 미움과 분노로 가득하다. 누군가에게 다정하기에는 스스로 너무나 부족하고, 스스로의 결핍이 더 크게만 느껴지고, 언제나 반쯤은 부서져있는 거적때기처럼 느껴지기도 할 것이다. 스스로를 완성된 인격과 충만하기만 한 존재라고 느끼는 사람은 없을 것이다. 그럼에도, 최선을 다해 다정함을 연기하는 것이다. 어딘가에서 스쳐보았던 다정함을 흉내 내는 것이다. 그러면, 다정함은 실제로 존재하게 된다.

그저 계속 지금 여기에
마음을 쏟으며 살아가기

　살아오면서 내게 의미 있었던 사람들은 아무래도 성공하거나, 유명하거나, 돈이 많은 사람들은 아니었다. 곰곰이 생각해보면, 내 삶에서 의미 있는 손을 내밀어주었고, 작은 선물을 건네듯 내 삶에 무언가를 주었던 사람들은 오히려 그런 것과는 별로 상관이 없는 사람들이었다. 왠지 성공한 사람들의 인맥, 유명한 사람들과의 친분은 무언가 삶을 이롭게 할 것 같지만, 내가 기억하는 한 그런 경우는 거의 없었다.

　그보다 내 삶을 이끌듯이 손을 내밀어주고 나를 어딘가로 데려가주었던 사람들은 모두 내게 어떤 호감을 보여준 사람들이었다. 내가 쓴 글을 진심으로 좋아해준 사람들이라든지, 팟캐스트에서 조곤조곤 이야기하는 시간들을 실제로 아껴주었던 사람들이 내게 무언가를 주었다. 단순히 현실적인 이익과 관련된 것인 경우도 있었지만, 그보다 그들은 한 시절마다 내 삶이 표류하지 않고, 어딘가에 이르도록, 머물 수 있는 마음을 주었다.

　어쩌면 그 속에는 어떤 주고받음이 있었던 것일지도 모르겠다. 내가 진심을 담아 쓰고 말하고, 누군가가 그만큼의 시간에 온전한 마음을 받고, 아마도 다시 나에게 또 그런 마음을 되돌려주고 싶어서 일어났던 일들은 아닐까? 삶에서 의미 있는 순간, 만남, 인연, 관계란 그렇게 진심 어린 마음들이 교환됨으로써만 일어나는 게 아닐까? 그런 진정성 있는 마음의 교환이 없다면, 아무리 대단한 재력과 명예, 자본과 인기를 가진 사람을 알고 지낸다고 한들, 사실 그 관계가 삶에 실제로 줄 만한 것은 없는 것이다. 그런 인맥이니 네트워크니 하는 것은 별반 가치가 없다.

　내가 나에게 도래했던 여러 소중한 인연들을 조금 더 잘 다루는 기술이 있었다면, 그들 하나하나를 챙길 줄 알고 마음의 교환을 이어가는 일을 잘할 줄 아는 사람이었다면 좋았을 것이다. 그러나 나는 뭐랄까, 항상 그 시절에, 지금 여기에, 현재에 마음 쏟는 것들이 있고, 그것밖에는 모른다. 그렇게 마음을 쏟다 보면 누군가가 그 마음에 응답을 한다. 그렇게 그와 주고받는 일이 일어난다. 하지만 과거의 마음을 끌고 와 현재에 매번 다시 심어 계속 끌고 나가는 일은 잘하지 못한다. 그저 계속 지금 여기에 마음을 쏟을 뿐이다.

몇몇 사람들이 떠오른다. 내게 선물 같은 시간을 주었던 사람들이 있다. 그들이 내게 선물을 주었던 이유는, 아마 나도 모르는 새에 내가 그들에게 선물을 주었기 때문일 것이다. 사실 그로써 선물 교환식은 그렇게 끝이 났을 것이다. 그 뒤로도 계속 줄 수도, 받을 수도 있었겠지만 나는 이미 지금에 쏟는 마음의 일부를 떼어낼 줄 모르는 사람이다. 나는 그들에게 늘 고맙고 미안한 마음을 가지고 있다. 그런데 거기에서 미안한 마음은 슬며시 지워도 되지 않을까, 하는 생각을 한다. 그저 고마웠다고 기억하면 충분하지 않을까, 하고 말이다.

내가 무엇을 챙기고, 무엇을 의식하고, 무엇을 다루어야 하는지 모르겠다. 늘 스스로를 의심하듯이 고민하곤 하지만, 아마 그럴 필요가 없을 것이다. 그저 내 마음으로 이 현재를 가득 채우면서, 그렇게 지금 여기에 살아있다면, 그것이 늘 옳은 것이라 믿어본다. 나는 이미 내 마음의 모든 것을 쏟아붓고 있다. 글 한 편을 쓸 때든, 사람 한 명을 만날 때든, 모임에 나설 때든, 수업을 준비할 때든, 누군가와 밥을 먹을 때든, 아내와 산책을 나설 때든, 아이의 목욕을 시킬 때든, 홀로 운전을 하고 있을 때든 늘 현재에 모든 마음을 놓아두고 있는 것이다. 그 위로 고마웠던 인연들이 자주 스쳐간다. 마음을 받았던, 선물을 주었던 사람들이 늘 어른거린다. 그렇게 살면 되었다. 이렇게 살면 되는 것이다.

.

마음을 기울인 만큼
삶이 된다

　지난 주말에는 아이와 둘이서 선유도를 다녀왔다. 지난번 아이와 둘이서 한강공원에 다녀왔을 때, 아이가 무척 좋아했고, 나도 좋았던 기억이 나서 이번에도 둘이서 작은 탈출을 감행했다. 차를 타고, 아이의 킥보드를 들고, 아이랑 한강공원에 내려 달렸다. 아이는 놀이터에 잠시 흥미를 보였지만, 더 씽씽 달리고 싶은지 곧 더 멀리 가자고 했다. 아이와 한강 바람을 맞으며 걷는데, 아이가 멀리를 가리키며 "서브에이!" 외쳤다. 한강 다리를 건너는 지하철을 보는데, 약간의 설렘이 느껴졌다.

　같이 한참을 달려가는데, 아이가 한강변을 가리키며 "저기서 아빠랑 빼빼로 먹어짜나." 하고 말했다. 그 말이 너무 반가워서, 맞다고, 우리 둘이 저기 앉아서 빼빼로 먹었다며, 똑똑하다고 신나서 이야기해주었다. "오늘도 빼빼로 먹을까?" 했더니, 아이가 좋다고 해서 편의점까지 꽤 먼 길을 걸었다. 아이가 원하는 딸기우유와 빼빼로, 내 커피 하나를 사서 나왔더니, 바로 앞에 선유도로 건너가는 다리가 있었다. 아이에게 "다리 건널까?" 물었더니, 아이가 응, 그래서 무턱대고 아이랑 계단을 올랐다.

아내와 연애 시절 이후 몇 년만에 건너는 선유교였다. 그때만 해도 꽤나 아찔했던 기억이 있었는데, 이제 아빠이기 때문인지, 아이를 지켜야 한다는 마음 때문인지, 별다른 아찔함도 없이, 아이랑 씩씩하게 다리를 건넜다. 아이는 "한강에 고래 살아? 상어 살아?" 그러다가 "상어 나빠? 착한 상어도 있어?" 하고 연신 물었다. 나는 고래도 있고, 나쁜 상어도 있지만, 착한 상어도 있다고 말해주었다. 아이는 더 진지하고 신기하게 한강을 내려다보았다.

오랜만에 선유도에 와보았는데, 선유도에 놀이터가 있는지는 처음 알았던 것 같다. 아이와 함께 있다 보면 시야가 달라진다. 아이가 공놀이 하기 좋은 곳, 아이와 킥보드 타기 좋은 곳, 아이가 모래놀이 하기 좋은 곳, 아이랑 같이 앉아있기 좋은 곳들만이 눈에 들어온다. 놀이터에 앉아, 아이가 모래놀이를 하는 동안 글쓰기 모임의 글들을 읽었다. 아이가 조금 질려서 이제 같이 놀자고 할 때부터는, 같이 미끄럼틀 타고, 숨바꼭질하고, 일종의 술래잡기나 동굴 탐험 놀이 비슷한 것도 했다. 그럴 때는, 세상에는 다른 의미 부여나 계산도 필요 없는, 정말 순수한 즐거움이라는 게 있구나, 느껴진다. 계속 웃고, 엔돌핀이 솟아오르고, 계속 뛰고, 몸에서 기분 좋은 숨차오름 같은 게 느껴진다. 아, 나는 그런 순간을 너무 사랑한다.

아이랑 테라스에 앉아서, 아이에게 딸기우유와 빼빼로를 주었다. 그리고 남은 글을 조금 더 읽었다. 아이가 딸기우유를 마시는 게 좋다. 그 작은 우유에 꽂힌 작은 빨대를 쪽쪽 빨아먹으며 통통한 볼살이 움직이는 게 좋다. 아이가 빼빼로를 먹는 게 좋다. 아이가 작은 손으로 자기에게는 아직 기다란 막대기를 들고 생쥐처럼 조금씩 파먹는 모습이 너무 좋다. 그런 아이 곁에서 한강도 쳐다봤다가, 글도 들여다봤다가, 아이가 지루해질쯤 아이를 번쩍 들어 올려서, 깔깔 웃는 아이랑 함께 달리는 게 좋다. 사람들 만나 서로 자기 자랑하고, 이익을 계산하고, 세상에 대한 불만을 이야기하느라 바쁠 때보다, 수천 배쯤 좋다. 그래서 나는 요즘 사람 만날 시간이 있으면, 아이랑 논다.

아이의 웃음, 기대, 기쁨이 좋아서 돌아가는 길에는 아이한테 견인차를 사주기로 했다. 아이는 마트로 가는 길에 졸았지만, 도착해서 "견인차 사러가야지!" 했더니 벌떡 일어나 나에게 안겼다. 둘이서 열심히 견인차를 찾았는데, 견인차가 없어서 다른 변신로봇 시리즈를 하나 샀다. 그런데 집에 와서 보니, 그 로봇이 견인차로 변신하는 로봇이었다. 그래서 아이랑 같이 신이 났다. 마트에서 나오는 길에는 꽃을 만 원어치 샀다. 그냥 집에 꽂아둘 거라고 하면, 꽃집 사장님은 언제나 꽃을 몇 움큼 더 준다. 신문지에 돌돌 싸인 꽃을 아이에게 건네주면서, 들어가면 엄마한테 "엄마, 선물이야."라고 말하라며 몇 번이나 일러두었다. 아이는 정말로 집에 들어가 "엄마, 선물이야." 하며 꽃다발을 건넸다.

어제는 좋아하는 작가를 만나 이야기했다. 요즘 나는 아이랑 노는 게 제일 재밌고, 제일 신나고, 제일 순수한 기쁨을 얻는 것 같아서 굳이 사람들을 만나지 않는다고 말이다. 그랬더니 그는 "그건 네가 그만큼 아이에게 몰입하고 있어서야."라고 이야기했다. 과연 그렇다. 몰입하면 그것이 삶이 된다. 몰입하는 것이 삶의 기쁨이 되고, 이유가 된다. 내가 아이를 좋아하는 이유는, 아이에게 먼저 몰입하는 방법을 익혀왔기 때문이다. 시간을 쓰고, 마음을 기울인 만큼, 그것은 삶이 된다.

사랑이라는 말에
집착하지 않기

아직 청년이던 시절부터 강연이나 수업, 그 밖의 독서 모임 등을 맡으면서 놀랐던 게 있었다. 주로 도서관이나 복지관 같은 곳에서 강의를 많이 맡았는데, 찾아오는 분들은 대부분 중년 여성들이었다. 다양한 주제로 이야기를 하곤 했지만, 사람들이 항상 귀를 쫑긋하며 듣는 건 사랑 이야기였다.

내가 놀랐던 이유는, 당시만 하더라도, 사랑의 문제란 대체로 아직 결혼을 하지 않은 청년들이 가장 몰두하는 주제라고 생각했기 때문이다. 실제로 드라마나 영화들도 대부분 젊은 남녀의 연애 문제를 다루지, 중년의 사랑 문제를 섬세하게 다루는 경우는 많지 않다. 오히려 그쯤 되면, 문제는 모조리 '현실적인' 것으로, 즉 아이 교육, 재테크, 돈벌이 같은 것이 되어버려, 사랑 같은 건 별로 중요하지 않다고 우리 문화가 취급한다고 느끼기도 했다. 하지만 내가 경험한 수많은 사람을 보면, 결코 그렇지는 않은 것 같다. 오히려 사랑의 문제는 부부야말로 더 본격적으로 제기하는 문제인 것처럼 보이기도 한다.

사랑이란 무엇인가. 이 문제는 청년 시절에는 차라리 명쾌해 보인다. 그것은 '감정'이다. 감정이 이어진다면 몇 년도 사랑할 수 있지만, 어제 있던 감정이 오늘 사라진다면, 그것은 사랑이 끝난 것이다. 한동안 유행했던 어반 자카파의 노래 〈널 사랑하지 않아〉는 그 지점에 관해 정곡을 찌르며 폭발적으로 인기를 끌었다. 이유는 없다. 그냥 어느 날 감정이 사라진 것이다. 그걸로 사랑은 끝이다.

그러나 부부는 그럴 수 없다. 특정 감정이 희미해지거나 사라지더라도, 관계는 이어진다. 과거에 이 사람을 사랑한다고 믿게 했던 어떤 감정들이 뒤틀리고, 다른 방식으로 이 사람을 보게 하면서 새로운 종류의 감정들이 생겨나기도 한다. 그런 과정이 계속하여 반복되는데, 그 과정에서 더 이상 사랑하지 않는다고 느끼는 일이 자주 벌어진다. 그러다가 어느 순간에는 '사랑하는 것 같기는 한데, 과연 이것이 사랑인가?' 하고 묻기도 한다. 아니면 흔히 말하는 것처럼 '사랑은 끝나고 정만 남았다.', '사랑하는 게 아니라 생활하는 것이다.'라는 식으로 선언하기도 한다.

사람들에게 물어보면, 어떤 사람들은 "그래도, 아직도 사랑한다."며 확신에 차서 대답하고, 어떤 사람은 "사랑은 확실히 끝났다."며 단정짓기도 하고, 또 어떤 사람은 "잘 모르겠다."고 대답하기도 한다. 그런데 흥미로운 것은 그들이 자신의 부부에 대해 설명하는 이야기가 거의 비슷할 때도 많았다는 점이다. 그러니까 거의 비슷하게 살아가는 어떤 모습에 관해, 누구는 그게 여전히 사랑이라 말하고, 누구는 아니라고 말하기도 하는 것이다. 똑같은 것을 느껴도 누구는 '사랑이 없다'고 말하고, 누구는 '사랑이 있다'고 말한다.

사실 '사랑'이라는 말만큼 사람마다 그 상태를 다르게 느끼는 단어도 드물 것이다. 누군가는 설렘과 긴장감과 두근거림을 사랑이라 말하고, 누군가는 편안함과 다정함과 고요함을 사랑이라 말한다. 누군가는 집착과 질투를 사랑이라 말하고, 누군가는 관용과 이해를 사랑이라 말한다. 가만히 보면, 결국 사랑은 사회적 약속으로서의 언어가 아무런 기능을 발휘하지 못하는 영역인 셈이다. 사람들은 모두 '사랑한다'고 하지만 저마다 완전히 다른 것을 느끼고, 생각하고 있다.

어쩌면, '사랑'이라는 말은 각자가 가진 결핍을 모조리 투사하여 집어넣는 마술상자처럼 쓰이고 있는 게 아닌가 하는 생각이 든다. 평소에 자기의 일이나 여타의 취미 활동에서 설렘을 많이 느끼는 사람은 굳이 사랑에서 설렘을 공급받을 필요가 없다. 그보다는 평온함을 원할 것이다. 또 평소에 외롭고 누군가를 항상 필요로 하는 사람은 사랑에서 끈끈한 집착과 소유를 바랄 것이다. 혹은 가난하게 살아서 물질적 풍요에 대한 갈망이 깊은 사람은 자신의 짝으로부터 그런 부분이 채워지길 바랄 것이다.

결국 '사랑이 없다'는 것은 내가 가진 결핍이 이 사람과 함께 살아도 여전히 느껴진다는 말이다. 반대로 여전히 '사랑이 있다'는 것은 이 사람과 살아가는 일이 그러한 결핍을 방어해준다는 뜻이다. 달리 말하면, 사랑이라는 것은 서로의 결핍을 해결하는 방식에 따라 얼마든지 '있다' 혹은 '없다'라고 느낄 수 있는 무엇일 뿐, 실제로 왔다 갔다, 생겼다 없어졌다 하는 것은 아니라는 것이다.

그래서 '있다, 없다', '왔다, 떠났다' 같은 말에 굳이 집착할 필요는 없지 않을까 싶다. 실제로 언어에 사로잡히는 일이, 말에 집착하는 일이 관계를 박살내버리는 일은 굉장히 흔하게 일어난다. 아니, 관계를 부숴버리는 건 거의 다 그런 '언어, 말, 관념, 생각'이다. 그런데 사랑에 관한 한, 언어만큼 믿을 수 없는 것도 없지 않나 싶은 것이다. 결국 그토록 많은 사람들이 사랑에 관해 고민하게 되는 것은 '언어 문제' 때문이기도 할 것이다. 사랑은 하는데 이게 '그 사랑'인지는 모르겠다, 사랑하지는 않지만 '좋아하기는 한다'라는 식의 말들이 우리에게는 진실처럼 다가오곤 하지만, 사실 언어란 얼마든지 쉽게 왜곡될 수 있는 인간 삶의 보조적인 수단에 불과하다. 그러니 '사랑이란 무엇인가?' 하는 고민에 너무 빠져들기보다는, 그저 마음을 다해 우리에게 주어진 나날들을 사랑하고자 애쓰다 보면, 그러한 고민의 답도 어떤 식으로든 주어지지 않을까 싶다.

좋은 대화의
방법

　좋은 대화의 방법이란, 사실 들어주기의 방법이라 믿고 있다. 좋은 대화가 들어주기와 말하기로 이루어진다면, 대략 80% 정도는 들어주기의 지분이 아닐까 싶다. 생각보다 내가 얼마나 좋은 말을 해줄지는 대화에서 크게 중요하지 않고, 그보다 얼마나 상대의 말을 잘 들어줄 것인가가 중요하다. 좋은 대화의 경험이라는 것도, 대개는 상대로부터 얼마나 대단한 말을 들었느냐보다도, 자기 스스로 얼마나 진솔한 이야기를 풀어 놓았느냐에 따라 좌우되지 않나 싶다.

　그런데 이 '들어주기'라는 것이 무조건 상대만 말하고, 나는 가만히 앉아만 있는 건 아닌 듯하다. 그보다 들어주기 또한 어떤 적극적인 제스처가 매우 중요하다는 생각이 드는데, 대략 '들어주기'란 공감, 질문, 침묵 정도로 이루어져 있지 않나 싶다. 세상에는 분명 잘 들어주는 사람이 있다. 잘 들어준다는 것은 가만히 잘 참고 앉아있는 게 아니라, 상대로부터 진솔한 이야기, 진심, 상대가 정말 하고 싶은 어떤 말들을 이끌어낸다는 뜻인 것이다. 그리고 보통 그런 들어주기에 익숙한 사람은 들어주는 일 자체를 즐기기도 한다.

공감은 그냥 '맞아', '그래'만 반복하는 것보다도, 상대의 심정을 보다 정확하게 이해하는 일과 관련되어 있다. 대개 사람들은 말을 하면서도 자신의 진짜 심정이 무엇인지 잘 알지 못한다. 자신이 분노하는지, 슬픈지, 아픈지, 기쁜지, 즐거운지 미리 다 알고 이야기하는 경우는 잘 없다. 그럴 때, 상대의 마음이랄 것을 잘 들여다보고 '그래서 참 슬펐겠구나.', '되게 화가 났겠다.', '정말 기뻤겠다.'라고 적극적으로 파악해서 상대의 감정을 지적해주면, 상대는 비로소 자신의 마음을 알게 되고, 공감받았다고 느끼곤 한다. 들어주고 공감해주는 일이란, 사실 상대가 스스로의 감정을 발견하도록 도와주는 일이다.

질문은 상대가 가지고 있는 방어기제를 무너뜨리면서 말하게 한다. 대개 우리는 내가 이런 이야기를 하면 안된다, 누구도 나의 이런 이야기를 궁금해하지 않는다, 내가 말해봐야 지루하기만 하고 타박만 받을 것이다, 하고 생각한다. 그래서 어느 정도 말을 하다가도, 그만두고 멈추는 지점들이 있기 마련이다. 들어주고, 이야기를 이끌어내는 일이란, 그렇게 상대가 멈춘 지점을 알아채고, 그에 관해 물어보는 것이다. 그저 몇 가지 질문을 잘 하는 것만으로도, 많은 사람들이 마음을 열고 자기 이야기를 진솔하게 전달한다. 물론, 때로는 나의 질문이 무례가 될 위험도 감수해야 할 것이다. 그러나 상대의 마음에 닿기 위한 몇 가지 질문은 그런 위험을 감수할 만한 가치가 있다. 또한 많은 경우, 사람들은 무례에 대한 사과만으로 그를 용서하고, 다시 사랑한다.

침묵은 대개 내가 쓸데없는 말들을 자제하는 일과 관련되어 있다. 쓸데없다는 것은 주로 알량한 자존심, 혹은 상대에게 우월감을 드러내고 싶은 순간이나 자만심 같은 것에 뿌리내리고 있는 말들이다. 그런 말들은 상대의 말을 틀어막는 차단벽과 같다. 상대와 마주 앉아있는 목적이 적어도 나의 우월감을 과시하는 것이 아니라, 좋은 대화나 좋은 관계라면, 무엇이 그에 기여하는지 기억해야 한다. 그리고 대개 내가 당신보다 잘났고, 나를 우러러봐주길 원하고, 나의 잘남이 어떠냐 같은 마인드는 대화보다는 경쟁, 과시, 전시의 마인드이다. 이런 마인드는 대개 다른 기회에, 다른 방식으로 해소하는 게 나을 것이다.

나는 언젠가부터 내가 하고 싶은 많은 말들을 주로 글쓰기를 통해 해결하고 있다. 그리고 사람들과 대화를 할 일이 있을 때는, 가능하면 들어주고, 그 상황 속에서 서로에게 좋은 대화를 하려고 애쓰게 된다. 그런 과정에서 군이 할 필요 없는 말들을 많이 걸러내고, 가능하면 상대의 말이 내게 무척 가치 있는 것이라 믿으면서, 상대에게 이런저런 질문을 하기도 한다. 그러면 실제로 대화 자체가 즐거워지는데, 그 이유는 내가 이 사람과 좋은 관계를 만들어나간다는 그 느낌 자체가 좋기 때문이다. 적어도 나는 좋은 대화란 그런 것이라 믿고 있다. 또한 좋은 대화란, 곧 좋은 관계와 다르지 않고 말이다.

사랑에는
정성을 들인 시간을 써야 한다

　사랑을 유지하기 위해서는 행복의 지속성이 필요하다. 날씨 좋은 날 바다를 보러 간다든지, 특별한 날 분위기 좋은 레스토랑에 간다든지, 마음이 허한 날 좋은 영화 한 편을 보러 가는 일들이 사랑을 유지시켜준다. 이런 일상의 의례들은 삶이 가라앉지 않도록, 사랑이 쉽게 흩어지지 않도록 윤활유 역할을 해주곤 한다. 그런데 그렇게 '익숙한 사랑의 일상'을 어떤 이유로든 유지하기 힘든 시절이 온다면, 무엇으로 사랑의 존재를 확인할 수 있을까? 이게 참 쉽지 않은 문제라고 느낀다.

　예를 들어, 누군가는 갑자기 그런 당연한 일상을 금전적 어려움 때문에 잃을 수도 있고, 건강 문제나 일이 바빠진 탓으로 잃을 수도 있다. 서로 함께 누리던 일상이 어떻게든 불가능해져도, 여전히 서로가 곁에 있을 때, 그 서로는 무엇으로 당신이 여전히 내게 특별하며, 사랑하는 존재라고 믿을 수 있을까? 내가 믿던 많은 것들이 무너졌을 때, 남아있는 당신의 무언가가 어쩌면 더 중요한 것이고, 사랑의 핵심적인 부분이기도 할 것이다.

일상이 잠시나마 불가능해졌을 때, 혹은 무너졌을 때, 그래서 일반적인 생활이 잠시 멈추었을 때, 나는 아내와 함께했던 독서와 글쓰기 모임이 생각났다. 아마도 그 시간만큼은 우리가 우리였기에 만들 수 있는 시간이었기 때문일 것이다. 우리 둘이 만들어낸 고유한 시간, 좋은 시간이라 믿었고 가치 있는 순간이라 생각했던 그런 시간을 만들어둔 것이 사랑을 기억하고 확인하는 데 도움이 되었다. 그래도 우리가 계속하여 우리로 존재한다면, 서로가 서로의 곁에 있다면, 다시 만들어낼 수 있는 우리 둘만의 무언가를 생각해보게 되었던 듯하다. 그래서 그런 순간을 만들어보는 것, 그런 시도를 게을리하지 않는 것이 중요하지 않나 싶다.

사실 살아가다 보면, 함께하는 시간이 많아지고 삶에서 해야 할 것들이 많아질수록 특별한 일상이라는 것은 누리기 힘들어진다. 시간이 나면, 그저 남들이 다 누리는 방식의 편한 휴식을 찾는다. 남들 다 가는 레스토랑을 가고, 남들이 돈 쓰는 방식으로 돈을 쓰고, 적당히 시간을 소비하게 된다. 그런데 그런 방식은 고유성이 없어서인지, 아주 소중하게 기억되지도, 절실한 순간에 도움이 되지도 않는다. 오히려 그런 시간들은 뭐랄까,

돈이나 시간이나 여유로 환원 가능하다. 당신이 아니더라도, 돈만 있으면, 시간만 있으면, 누구와 누렸어도 다르지 않았을 시간처럼 생각되기도 하는 것이다. 그러니 사실 손쉬운 시간은 그만큼 손쉬운 것으로 남고, 정성을 들인 시간은 정성을 들인 만큼의 가치와 무게로 남는다.

당장은 정성을 들인 시간이 어려워 보이고 귀찮게 느껴질수 있지만, 그만큼 돌아온다. 반면, 대충 누린 시간은 딱 그만큼의 대가로 남거나 흩어진다. 결국에는 사랑에 관한 한, 정성을들인 만큼 남는 것이고 이익을 보는 셈이다. 사랑에 비용을 지불할 수 있다면, 그것은 정성이라는 화폐여야 한다. 그래야만그 시간들을 온전한 것으로 지키고 지닐 수 있게 된다. 당장은무의미해 보이는 노력이 오랜 시간이 지나서도 보다 온전히 남는 것이 된다면, 역시 현명한 지불을 하는 것이 좋을 듯하다. 사랑에는 다름 아닌 시간을 써야 하는데, 무엇보다도 정성을 들인시간을 써야 한다.

인생은
트레이드 오프

아내를 만나기 전에, 나는 삶에서 무언가 얻기만 할 수도 있을 거라 믿었다. 사실, 그런 믿음이 있는지도 잘 몰랐다. 인생에는 늘 최선의 선택이라는 게 있어서, 거의 희생 없이, 거의 잃는 것 없이, 내가 원하는 걸 얻기만 할 수 있는 선택들이 놓여 있고, 그런 길이 있을 거라 생각했다. 내가 열심히 고민하여 똑똑하게 잘 선택하기만 하면, 내 삶에는 내가 굳이 포기하거나 버리거나 희생하지 않아도 모든 걸 얻을 수 있는 방법이 있을 거라 생각했다. 어느 정도는 그런 길을 걷고 있다고 믿기도 했다.

이를테면, 간절히 원하면 온 우주가 도와준다는 것을 믿은 것과도 비슷했다. 나에게는 어떤 영감이나 인생에 대한 직관, 인생길에 대한 정확히 알 수 없는 신비주의적인 직감 같은 게 있어서, 내가 가는 길은 로열 로드 같은 것일 거라고 은근히 믿었다. 청춘의 오만이나 패기라면 그럴 것이다. 그런데 아내는 인생의 모든 것은 '트레이드 오프(trade-off)'라고 믿는다는 말을 자주 했다. 처음에 나는 그 말을 믿지 않았다. 세상에는 더 나은 삶이 있고, 더 좋은 선택이 있고, 더 멋진 길이 있다고 생각했기 때문이다.

그러나 아내와 함께 살아갈수록, 또 나도 삶의 여러 선택들이나 순간들을 경험할수록, 역시, 인생은 모두 트레이드 오프라는 걸 많이 느꼈다. 인생에는 얻는 게 있으면 반드시 잃는 게 있다. 내가 선택한 좋은 것은 다른 면에서 나쁜 것이기도 하다. 나는 최선의 선택이라 믿었지만, 사실, 그 선택의 이면에는 내가 버린 것, 포기한 것, 스스로 희생시킨 것, 잃은 것이 있다. 그것이 진실에 가깝다는 것을 여러모로 이해했다.

그런 관점으로 보니, 세상 모든 삶이 다시 보이기도 했다. 마냥 부럽다고 믿었던 삶과 마냥 모든 것을 가진 것처럼 보였던 사람들을 들여다보면, 그들이 실은 얼마나 많은 것을 잃었고, 또 자신이 얻은 것만큼 어떤 삶을 버렸는지도 알 것 같았다. 다 가진 것처럼 보여도 다 가진 사람은 없다. 그것은 너무나 자명하여서, 내가 가장 행복하다고 느끼는 순간에도, 내 등 뒤에서 울고 있는 나의 그림자가 있기 마련이다. 오늘도 나는 너무 많은 걸 내다버린 폐허 위에 서있다. 내 등 뒤에는 거대한 어둠이 있는데, 나는 눈앞의 투명한 오늘, 빛나는 하루, 깨끗한 백지 같은 시간만을 바라보려 애쓴다.

얻은 만큼 잃는 것은 반드시 있다. 책을 5천 권 정도 파는 작가가 5만 권을 파는 작가가 되면, 얻는 것만 있을 것 같겠지만, 결코 그렇지 않을 것이다. 애인이 없다가 애인이 생기고 가족이 생기면 풍요롭고 인생은 더 좋은 것들만 추가될 것만 같지만, 그렇지 않을 것이다. 좋은 친구를 사귀고, 더 높은 명예를 얻고, 더 많은 돈을 벌면, 잃은 건 없다고 느껴지고 얻는 것만이 보이겠지만, 적어도 머리로는 그렇지 않다는 것을 알고 있다. 그리고 때로는 내가 잃은 것, 잃어가는 것들에 대한 감각이 더 중요하다고 느낀다. 그런 것들에 대한 감각을 너무 쉽게 놓치면, 삶의 복수를 당하는 것 같다. 상실한 것을 모르면, 그 상실한 것이 비수가 되어 날아오는 날이 있다.

인생이 트레이드 오프라면, 그리고 내게 소중한 것의 소중함도 배가 될 것이다. 내가 어떻게 얻고, 어떻게 선택하고, 어떻게 이르게 되고, 어떻게 함께하게 된 것들인데, 그를 위해 내가 버린 것들이 한 더미인데, 그렇다면 역시, 내 삶을 이루고 있는 것들을 더 소중히 해야지, 생각하게 된다. 내 탁자에 놓인 꽃 한 송이가 시들 때까지, 그 한 송이를 더 절실하게 사랑해야지, 생각한다. 그런데 지금 나의 모든 것들이 얼마나 소중한 것인지 잊을 때가 많다.

당신이 사랑하는 것을
나는 사랑하지 않아

어쩌면 사랑이란, 꼭 서로를 바라보며 사랑하는 것이라기보다는, 무언가를 함께 사랑하는 일일지도 모르겠다. 내가 당신을 사랑하고, 당신이 나를 사랑하는 것만이 사랑의 본질처럼 이야기되지만, 사실 사랑이란 둘이서 같은 마음을 공유하며 다른 무언가를 함께 사랑하는 일에 가까운 건 아닐까? 아니면, 사랑이 진행되어갈수록 오직 당신만을 향하던 마음이 우리가 함께 사랑할 수 있는 무언가로 옮겨가는 것일지도 모른다.

요즘에 내가 가장 위안을 받는 순간 중 하나는, 아이에 대한 아내의 사랑을 믿을 수 있을 때다. 아내가 아이를 사랑하고, 내가 아이를 사랑하는 한, 우리의 사랑은 지켜지고 이어지지 않을까 싶은 생각이 든다. 그런데 비슷한 결로, 우리가 사랑하는 것 또한 우리가 함께 보낸 시간, 함께 찍은 사진, 함께 누렸던 기억, 함께 누리고 있는 풍경이나 음악이 아닐까 싶기도 하다. 당신이라는 존재 자체에 대한 감정 못지않게, 함께 도달하고자 하고, 함께 있고, 함께 지내왔던 것들에 대한 감정이 더 중요할 수도 있겠다는 생각이 든다.

대개 사랑의 욕망은 아직 완전히 소유하지 못한 것, 도달하지 못한 것을 향하기 마련이다. 이는 아마 모든 욕망의 원칙이기도 할 것이다. 꿈은 이루지 못했기에 꿈이고, 가고 싶은 나라는 가지 못했기에 도달하고 싶은 곳이다. 사랑도 처음에는 이러한 욕망의 법칙을 따른다. 당신을 소유하고 싶고, 가지고 싶고, 알고 싶은 욕망이 다른 모든 것을 압도하지만, 시간이 흐를수록, 그런 '도달 불가능성'의 열망은 점점 줄어들고, 서로에게 익숙한 존재가 된다. 어쩌면 그때부터 사랑의 더 중요한 측면이 드러날지도 모른다. 바로 사랑의 마음을 공유하면서, 함께 사랑을 하고, 그 사랑의 화분에 계속하여 물을 주는 일처럼 말이다.

내가 사랑하는 것을 당신이 사랑한다는 것, 그런데 그것은 다름 아닌 우리가 일구어나가는 것이고, 우리에게 주어진 것이다. 우리 공동의 것이라는 사실이 사랑의 한가운데 있다. 그래서 "당신은 왜 나를 사랑하지 않아?"라는 말은 어쩌면 "당신은 왜 내가 사랑하는 것을 사랑하지 않아?"라는 질문으로 바뀌어야 할지도 모른다. 당신은 왜 우리가 보낸 추억을, 우리가 함께하는 시간을, 우리의 아이와 우리의 소중한 것을 사랑하지 않느냐고 말이다. 그래서 사랑이 없다는 것에 대한 증명도 "당신을 사랑하지 않아."라기 보다는 "당신이 사랑하는 것을 나는 사랑하지 않아."라는 말 속에 더 명확히 담겨 있을지 모른다.

그렇기에 사랑의 방법이 있다면, 혹은 의무가 있다면, 함께 사랑하는 일에 대한 충실함이 아닐까 싶다. 함께 걷고, 함께 이야기하고, 함께 돌보고, 함께 만들어가는 시간을 사랑하는 일, 그러한 일에 나를 맡기고 내 마음을 머물게 하는 일이야말로 사랑의 기술을 이룰 것이다. 그런 방법을 계발하고, 그런 시간을 늘려나가고, 그런 충실함 속에 있고자 하는 일이 사랑의 의무가 된다. 사랑이란, 아무나 본능적으로 당연히 할 수 있는 것 같지만, 아마도 그런 건 '욕망'일 뿐 '사랑'은 그와는 다소 다른 층위에 존재하는 것이 아닐까 싶다. 거기엔 의지와 방법, 의무감과 충실함, 의식적인 노력과 지향성이 필요한 것이 아닌가 한다. 그런 측면을 놓아선 안 되고, 더 주의 깊게 들여다봐야 한다고 자주 느낀다.

이야기가 삶을
구해내는 순간

　인생에서 가장 중요한 능력 중 하나는, 자신의 삶을 제법 괜찮은 이야기로 만들 수 있는 능력인 것 같다. 내 삶에서 일어난 여러 사건들에 의미를 부여하고, 때론 재미있게, 웃기게, 가치 있게 해석하고 창조하여 받아들일 수 있는 능력이 참으로 중요하다고 느낀다. 삶은 어느 각도에서 보느냐에 따라 희극이나 비극, 특별한 이야기나 아무 의미 없는 이야기가 될 수 있다. 그런데 삶을 보다 나은 것으로 느끼려면, 자기 삶을 괜찮은 이야기로 받아들일 수 있는 능력이 필요하다.

　이런 능력은 삶에 상당히 전방위적으로 영향을 미친다. 스스로 자기 삶을 보다 나은 것으로 느끼게 할 뿐만 아니라, 타인에게 그런 자기 인생 이야기를 전달하는 방식 또한 여러모로 의미가 있다. 소개팅을 하거나 연애를 할 적에, 우리가 상대에 관해 알 수 있는 것은 그가 전해주는 이야기밖에 없다. 그런데 어떤 사람의 인생 이야기는 그저 시시하고 아무런 매력도 없다. 반면, 어떤 사람이 자기 인생 이야기를 만들고 들려주는 방식은 너무나 매력적이어서, 나도 그 사람의 인생에 속하고 싶고, 그와 한배를 타고 싶다고 느끼게 만들 수 있다. 단지, 자기 삶을 어떤 이야기로 만들 수 있느냐에 따라 말이다.

대개의 인생에는 저마다 고통이나 상처, 어려움이나 위기가 있기 마련이다. 반대로, 성취나 기쁨, 나름대로의 몰두와 열정, 몰입이 있기도 하다. 그런 것들 속에서, 어떤 위기는 재미있는 이벤트로, 어떤 고통은 성장의 기회로, 어떤 어려움은 깨달음의 순간으로 받아들이고, 어떤 성취는 열정과 꿈으로, 어떤 기쁨은 정성과 사랑으로 설명해낼 수 있다면, 많은 삶은 그 자체로 무척 가치 있고 매력 있어질 것이다. 나의 아이가 인생을 살며 어떤 능력을 하나 갖추었으면 좋겠냐고 묻는다면, 바로 그런 이야기를 만드는 능력을 가졌으면 좋겠다고 답하고 싶다.

인생은 고통이라고, 삶의 본질은 아픔이나 슬픔이라고도 하지만, 사람이 자신이 속해있는 이야기, 서사, 스토리의 선이랄 것을 잃지 않고 붙들고 있다면, 그런 고통도 때로는 견딜 만한 미션이 되기도 한다. 그러나 자기 삶의 서사의 끈을 놓아버리는 순간, 하루하루 속에 드리우는 고통은 날것 그대로, 있는 그대로 육박해오곤 한다. 이야기란, 내 안의 서사란, 내가 붙들고 믿고 있는 스토리란 그런 현실의 적나라한 고통에 대한 가장 훌륭한 보호막이자, 그런 고통들을 해독하고 정화하는 가장 강한 힘이기도 할 것이다.

이런 이야기 만들기란, 혼자서만 해내는 것보다도, 함께 만들고, 함께 들어주고, 함께 의미를 부여해주는 동료 창작자나 청중이 있으면 더 잘 해낼 수도 있다. 곁에서 내 인생 이야기를 다듬어주는 어떤 동료들, 친구들, 연인, 가족의 존재는 확실히 든든한 창작집단을 이루어내곤 한다. 때로는 어느 독서모임이나 종교모임, 심리 상담이 그런 도움을 주는 경우도 있을 것이다. 어떤 식으로든 삶이 점점 위기에 빠져든다고 느낄 때, 필사적으로 찾아야 할 것은 내 삶의 이야기를 붙들어줄 어떤 힘이자 사람일 것이다. 그렇게 이야기가 삶을 구해내는 순간이 어느 인생에나 있기 마련일 것이다.

사랑과 삶의
관계

사랑이 가장 아름다울 때는 삶과 일치할 때이고, 반대로 가장 슬플 때는 삶과 불일치할 때인 듯하다. 사랑은 대개 삶과 일치할 때 황홀하다. 운명적인 사랑이란, 주로 삶을 보다 나은 것으로 변화시키는 일과 관련되어 있다. 누군가와 사랑에 빠지면서 동시에 그를 통해 새로운 세계를 알게 되거나, 영감을 얻고, 꿈꾸던 곳에 살게 되거나, 인생이 상승할 때 사랑은 운명이 된다.

반대로, 사랑이 점점 힘겨워지고 벗어나고 싶은 것이 될 때는, 삶이 그와 어긋나기 시작할 때이다. 내 삶은 나를 서울의 무대로 부르고 있는데 연인은 여전히 부산에 살고 있다든지, 나는 새로운 삶을 살고 싶은데 배우자는 원래의 삶에서 벗어날 생각이 없다든지, 함께 살아가는 삶의 수준이 너무 달라질 때, 사랑은 슬픈 고민거리가 된다.

거의 모든 사랑 이야기들은 삶과 사랑의 일치 혹은 불일치에 대해 다룬다. 그런데 흥미로운 점 중 하나가, 주로 서양 영화에서는 대부분 '개인의 삶'이 사랑을 이긴다는 점이다. 종종 자기 삶보다는 사랑이 우선이라며 집착하는 고전극 같은 이야기들이 나오지만, 현대적인 이야기로 올수록 사랑이 삶을 이기는 경우는 많지 않다. 대부분은 자신의 꿈, 자기가 살고 싶은 삶, 자기가 가고자 하는 길이 곁에 있는 사람보다 먼저이고, 그런 스토리가 각광 받는다.

그에 비하면, 아시아 영화들의 러브스토리는 아직까지도 종종 사랑을 다른 모든 것보다 우선시한다. 사랑에 빠져 삶을 포기하거나, 사랑만이 최고로 중요한 순정적인 이야기들이 많이 있다. 개인적인 삶의 스토리보다는, 당신을 만나 당신에게 빠져들고 오직 당신만으로 모든 게 필요 없고 괜찮다는 식의 '사랑 중심'적인 이야기가 더 주목받곤 하는 것이다.

실제로 삶을 살아가면서도, 대개 사람들은 사랑과 삶이 일치하는 순간에서 사랑을 시작하고, 그 이후에는 삶이나 사랑 중 하나를 택하게 된다. 사실, 어느 쪽이 더 현명한 방법인가에 대한 답은 없는 듯하다. 이를테면, 너무도 사랑하는 사람이 있는데 그를 두고 유학을 떠난다든지, 아니면 반대로 사랑하는 사람 때문에 꿈을 포기하고 다른 직장을 알아본다든지 하는 일들은 여전히 무척 자주 일어나는 것 같다.

개인적으로는 삶이 없는 사랑도, 사랑이 없는 삶도 불가능하다고 믿는다. 사랑 때문에 삶이 점점 분열되다가 완전히 사라질 정도가 되어서도 안 되고, 자기 삶만을 좇고 사랑이 그에 자연스레 따라올 것이라고만 믿는 것도 현명한 일은 아닐 것이다. 삶과 사랑은 모두 섬세하게 다루어야만 하는, 함께 키우는 고양이와 강아지 같은 존재들이고, 어느 하나도 쉽게 생각해서는 안 되리라고 생각한다. 그렇게 사랑과 삶이 일치하며 시작했던 이야기는, 점차로 사랑과 삶이 조금은 멀어졌다 가까워졌다 하면서 함께 갈 수 있는 이야기가 되어가야 한다고 믿는다.

삶을 멀리서 보는 것과
가까이에서 보는 것

누군가 살아가는 삶이 참 정돈되어 보이고, 그저 순탄해 보이고, 무난하고도 순조롭게만 흘러가는 것처럼 보이는 것은 단지 멀리서 그를 보기 때문이 아닐까 싶다. 가까이에서 보면, 거의 모든 삶은 엉망진창이고, 과잉된 점들이 있고, 약간 미치거나 병든 지점들이 있다. 삶은 멀리서 보면 지평선의 능선처럼 매끄러워 보이지만, 가까이서 보면 썩어가는 나무, 동물의 사체, 피어나는 새싹, 단 하나도 같지 않은 수풀의 높낮이와 모래 알갱이의 크기가 보인다.

그래서 사실 가까운 사람들이 곁에 많을수록, 삶은 무거워진다. 그들의 삶, 그 하루하루, 그 요동치는 감정, 생각, 어떤 전쟁들을 일일이 지켜보다 보면, '삶이란 이리도 어려운 것인가.'

하고 생각할 수밖에 없다. 반면, 타인들이 대부분 멀리 있어서, 무척 가까이에서 보고 듣고 부딪혀야 할 삶이 적을수록, 삶이란, 세상이란 어딘지 매끄럽고 평탄하게만 보인다. 살아가는 조건을 마음대로 선택할 수 없다면, 결국 망원경을 조절하듯이 그 시야를 조절할 필요가 있다.

때로는 타인이 겪는 온갖 어려움들이 위안이 된다. 나만 이렇게 매일 요동치는 감정이나 상황 속에 살아가는 게 아니구나, 누구 하나 다를 것 없구나, 누구든지 삶의 일정 부분을 겨우 견뎌내고 있구나, 하는 생각으로 삶을 받아들이게 된다. 특히, 한 사람을 깊이 있게 알면 알수록, 그가 지금 당장은 어떤 평온한 삶의 단계에 올라있더라도, 인생 내내 그랬던 것은 결코 아니라는 것도 알게 된다. 혹은 더 다양한 사람들의 이야기를 듣다 보면, 이 세상에 결국 사연 없는 인생은 없다는 것, 굴곡 없는 삶이란 없다는 것을 깨닫게 된다.

자기 자신이 과잉되어있는 시절에는, 자신이 세상에서 가장 불행하고, 참담하고, 형편없는 입장에 처해있는 것 같지만, 삶들을 찬찬히 둘러보면, 대부분의 사람들이 그런 비참함과 맞서 싸워왔다는 것을 느끼게 된다. 누구든 자기 안에 비참함이 있고, 그 비참함을 꽁꽁 묶어서 서랍 안에 가두어두는 법을 어느 정도 익히며 살아가고 있다. 물론, 사람마다 그 비참함의 크기가 더 크기도 할 테고, 작기도 할 테지만, 처절할 만큼 그런 부분들과 싸워야 한다는 사실 자체는 공통적이다. 그런 나날들 없는 삶이란 존재하지 않을 것이다.

삶을 어디까지 인정해야 할 것인지를 배운다. 아마 짐작하기로는, 끝없이 인정해야 하지 않을까 싶다. 멈추어서 아무런 노력도, 분투도, 조절도 필요 없는 그런 상태란 오지 않을 거라고 생각하고 있다. 매일 나를 다잡고, 매일 시야를 조절하고, 매일 삶의 어려움들을 인정하고, 매일 삶에 엉망진창인 부분들이 있다는 걸 받아들이고, 매일 삶이 약간 미쳐있다는 것을 이해하면서, 그렇게 받아들이면서 살아야 한다는 걸 깊이 생각하게 된다. 그리고 다시 그 엉망인 서랍을 닫고, 잠시 삶을 누리고, 다시 서랍을 열고, 다시 닫을 줄 알게 되는 일을 그저 매일 익혀나가는 것이다.

자기 이익밖에 남지 않는
삶에 관하여

개인적으로 믿고 있는 삶에 대한 진실이 하나 있다. 그것은 내가 나 자신의 이익과 관련 없는 어느 타인들을 위하여 마음을 쓰고, 관심을 갖고, 그들을 위해 목소리를 내어보는 경험을 한 적이 없는 한, 그 누구도 나를 위해 마찬가지의 마음과 시간을 쓰지 않으리라는 것이다. 자기 이익만이 가장 중요한 시대라곤 하지만, 정말로 자기 이익 밖에 모르는 사람을 위하여 마음을 쓸 사람은 별로 없다.

우리 시대의 삶이란, 너무도 자연스럽게 나노 단위로 시간을 쪼개어, 자기에게 가장 효율적인 시간만을 쓰고, 그렇게만 살아가도록 요구받는다. 그럼에도, 의식적으로 그런 삶을 조금씩 거부하는 순간들을 전혀 가지지 않게 되면, 실제로 그는 '자기 이익의 최대화'라는 과녁을 향해 정확히 도달하기보다는, 오히려 엉뚱한 곳에 이를 가능성이 높다. 생각보다 세상은 여전히, 아마도 영원히, 사람과 사람이 엮여 있고, 서로가 서로에게 기대어 있으며, 서로를 위하고, 서로 연결되고자 하는 마음으로 서로를 지탱하고 있기 때문이다.

타인들이 절박하게 목소리를 내고 있을 때, 그들 주장이 오직 나의 이익에 어떤 영향을 미칠지만을 계산하여, 그들을 무시하고, 조롱하고, 비난만 했던 사람들은 자기가 절박할 때 들어줄 사람이 없을 것이다. 곁에 있는 사람이 실패하고, 몰락하고, 절망했을 때 외면하고 내치고 끊어내기 바빴던 사람은 자기가 그리되었을 때 붙잡을 지푸라기 하나 남지 않을 것이다.

어쩌면 많은 사람들이 그런 사실을 알기 때문에, 기꺼이 서로 의지하는 삶을 살기보다는, 필사적으로 자신의 절대적인 안전지대만 확보하려고 애쓰는 것 같기도 하다. 어차피 남들은 결국 아무 도움이 되지 않는다, 내 인생 내가 내 돈을 무한하게 축적하여 책임져야 한다, 위기일 때 또는 늙어서 남는 건 돈밖에 없다, 그러므로 나의 이익만 필사적으로 챙기면 된다, 그런 마음으로 살아가는지도 모른다. 아마도 그렇게 자기 이익밖에 남지 않는 삶은 그 스스로 만든 경우가 대부분일 것이다.

그런데 세상일이라는 것은, 그렇게 수학 문제처럼 딱 떨어지지 않고, 언제나 나도 모르는 우연에 휘말리고, 흘릴 리 없다고 믿었던 눈물을 쏟아내기도 하고, 내게는 일어날 리 없다고 믿었던 일을 만나기도 하는 것 같다. 아무리 완벽하게 살고 싶어도 완벽하게 자족할 수 있는 방공호를 구축할 수는 없는 것이다. 결국 스스로의 더 나은 삶을 위해서도, 나는 타인의 눈물에 관해 조금씩 알아가야 한다고 믿는다. 내가 내다버리지 않고 모은 타인의 눈물은 때때로 삶에서 그 이상의 샘물로 도래하곤 한다. 그러나 내가 모은 눈물이 한 방울도 없다면, 내가 눈물 흘릴 때 그 한 방울을 받아줄 사람 또한, 세상 어디에도 없을 것이다.

우리는 화목하니까
괜찮아

아내와 나 사이에는 주문 같은 말이 하나 있다. "우리는 화목하니까 괜찮아." 요즘 우리는 종종 이런 말을 할 때가 있다. 우리는 아파트가 없지만 화목하니까 괜찮아, 우리는 아이가 하나여도 화목하니까 괜찮아, 우리는 외제 차가 없어도 화목하니까 괜찮아. 이런 말은 아내가 처음 내게 했는데, 그 순간 기분이 참 좋았던 기억이 두고두고 남아있다.

실제로 우리가 남들보다 더 화목하거나 사이가 좋은지는 모른다. 사실, 그런 걸 비교해서 누가 더 화목한지 따지는 것은 바보 같은 일일 것이다. 그래도 아마 우리는 그렇게 믿는 것 같다. 우리는 사이가 좋아, 우리는 대화가 잘 통해, 우리는 서로를 참 좋아해, 우리는 서로 어울려. 그렇게 믿고 말한다. 아내가 그런 말을 해주면 정말 그렇게 믿게 된다. 아내도 내가 그렇게 말해주는 걸 좋아한다. 그러면 정말로 우리는 '화목하니까 괜찮은 가족' 같다고 느껴진다.

우리 집 맞은편에는 비싼 브랜드 아파트가 있는데, 종종 우리 또래 부부가 아이 둘을 데리고 15억 원쯤 하는 아파트에 살고 있는 풍경을 보게 된다. 그를 보며 약간은 소외감 같은 것이 느껴질 때도, 우리는 화목하니까 괜찮아, 라는 아내의 말이 생각난다. 가정마다 사정은 알 수 없는 법이다. 우리가 남들보다 얼마나 화목하거나 행복한지는 모르겠지만, 가족의 행복이 꼭 얼마나 돈이 많고 적은가에 따라 갈리는 것 같지는 않다. 내 주위에 있는 행복한 가족 몇은 전세에 살고 있고, 부자가 아니다. 그러나 그들은 행복하다고 말하고, 정말로 행복해 보인다.

한 번은 이런 생각도 해보았다. 만약 이 상태에서 예쁜 마당이 하나 있는 넉넉한 집이 한 채 생기면 더 행복할까? 그럴 것이다. 하지만 그렇다고 해서 그런 조건과 지금의 행복을 바꿀 것인가? 그렇지는 않다. 그렇다면, 우리가 더 나은 환경을 원한다고 해서 지금이 불행한가? 당연히 그렇지도 않다. 달리 말해, 우리는 지금 가지고 있는 결핍 때문에 불행하지 않고, 불행을 메우기 위해 더 나은 무언가를 바라지 않는다. 더 좋은 집이나 외제 차를 얻어 지금의 불행을 극복할 수 있다는 식으로 생각하지 않는다. 나는 그런 상태가 참으로 좋은 것이라 느껴진다. 이런 상태를 유지할 수 있다면, 참 좋겠다는 생각이 든다.

사실, 주위의 부부들과 비교했을 때, 우리가 객관적으로 그렇게 남부러워할 만한 조건들을 다 갖추었다고 말하기는 어려울 것이다. 그래도 주로 불행을 호소하는 사람들과 하나의 차이점은 있는 것 같다. 그건 적어도 둘이서, 그리고 셋이서 함께 보내는 시간은 남들보다 많은 것 같다는 점이다. 주말은 거의 셋이서 떨어지는 일이 없고, 저녁도 늘 같이 차리고 같이 먹는다. 여유 시간은 거의 다 가족에게 쓰고, 흔히 말하는 '바깥 사람'들을 거의 만나지 않는다. 그런데 주위에서 결혼생활에 만족하는 사람들의 모습은 거의 다 비슷하다.

어쩌면 사람이란 결국 자기가 많은 시간을 쓸수록, 그 시간을 좋은 것이라 믿고 싶어하기 때문일지도 모른다. 일에 많은 시간을 쓰면, 자신은 가치 있는 일을 하니까 괜찮다고 믿는다. 글을 많이 쓰면, 나는 글쓰기라는 가치 있는 일에 시간을 썼으므로 괜찮다고 믿는다. 돈을 버는 데 많은 시간이 들어가면, 돈이 많아서 괜찮다고 믿는다. 마찬가지로, 가족에 시간을 많이 쓰면, 우리는 가족에 시간을 많이 써서 괜찮다고 믿는다. 우리의 가족은 화목하니까 괜찮고, 서로에게 그렇게 말하고, 정말로 그런 가족이 된다. 어쩌면 인생의 일이란 단순한 것이다. 그저 시간을 많이 쓰고, 그 시간에 그만큼 정성을 들이면, 그 시간을 좋은 것이라 믿고, 그만큼 가치 있는 것이라 생각하게 되고, 그래서 그 시간 때문에, 다 괜찮다고 믿게 되는 것이다. 삶은 때때로, 그렇게 단순하고도 명백하게 흐른다.

4.

살아간다는 것은 사랑하는 것이다

: 다시, 사랑

다정함을
잃지 않은 삶

　잘 살아낸 삶이란 문득, 다정함을 잃지 않은 삶이라는 생각이 들었다. 내가 살아내고 있을 삶 속에 여전히 다정함이 묻어 있고, 그래서 내가 다정한 사람일 수 있고, 세상의 많은 것들을 다정하게 대할 줄 안다면, 아마도 나는 오랜 세월을 잘 견뎌내고 이겨낸 것이라 믿을 수 있을 것만 같다. 반대로, 다정함을 잃어버리고 만다면, 아마도 내 삶은 실패한 것이 아닐까 싶은 생각이 든다.

　살아가면서 얻는 많은 상처나 실패, 어려움이나 절망 때문에 다정함을 잃은 사람들이 있다. 그러나 그런 나날들 속에서도 결국, 그 모든 걸 이겨내고, 다정함을 간직해낸 사람들도 있다. 내가 닮고 싶은 사람은, 내가 살아내고 싶은 삶은 아무래도 후자 쪽이다. 처음 보는 낯선 사람을 바라보는 눈빛이든, 곁에 있는 사람을 대하는 말투든, 작은 동물이나 소소한 풍경을 대하는 손길이든, 내 마음이 다정할 수 있기를 그저 바라게 된다.

무엇보다도 내가 낯선 타자들을 바라볼 때, 그들을 혐오하거나, 매도하거나, 함부로 재단하지 않고 그저 그들의 존재 자체를 다정하게 이해할 수 있는 사람이기를 바라게 된다. 그렇지 않고, 언제나 자기 방어만 앞서고 그 누군가를 비난하거나 멸시하기 바빠서 다정함이라고는 깡그리 잃어버린 존재가 된다면, 어느 날, 내가 잘못된 삶을 살았고, 잘못된 존재가 되었다고 불현듯 깨닫는 순간이 올 것만 같다. 그런 날을 마주하지 않는 것이 내 삶의 목표라면 목표일 것이라는 생각이 든다.

또한 내가 내 곁에 있는 사람을 여전히 다정한 마음으로 대하고, 품고, 그리하여 듣고, 말할 수 있다면, 내가 온전한 삶을 살아내고 있구나, 믿을 수 있을 것 같다. 그러나 그렇지 못하다면, 그런 내가 싫어질 것처럼만 생각된다. 그래서 오랜 세월이 지나서도, 나는 전보다 더 다정한 사람이 되었구나, 혹은 내 마음은 여전히 부드럽구나, 그렇게 느낄 수 있다면, 내 삶을 사랑할 수 있을 것만 같다.

그러기 위해서는 무엇보다도 마음의 힘을 잃지 말아야겠다는 생각을 자주 한다. 어째서인지 그저 사는 대로 살다 보면, 사람은 거칠어지고, 다정함을 잃고, 그리하여 삶과 세상의 많은 것들을 사랑할 수 있는 능력을 잃어가는 것만 같다. 그보다는 역시 내게 주어진 것들이나 나를 둘러싼 세상을 사랑하는 마음을 잃지 않고 싶다. 내가 가진 그 유일한 자산이랄 것을, 시선이나 마음의 힘이랄 것을 지켜내고 피워내는 삶을 살아내고 싶다.

사랑하는 자는
비밀스럽다

누군가를 사랑하고 있는 순간에, 우리는 그가 비밀스러운 존재임을 알게 된다. 원래 비밀을 가진 것 같은 사람은 어딘지 거북스럽다. 그런 사람에게는 속내를 알 수 없다든지, 음흉하다는 꼬리표가 따라붙는다. 일상에서, 우리는 유리처럼 투명한 사람, 솔직하고 거짓 없는 사람을 좋아한다. 하지만 사랑하는 상대에 관한 한, 그에 대한 사랑을 유지케 하는 것은 결코 투명하게 알 수 없는 어떤 비밀스러운 부분이다.

사랑하는 순간, 우리에게 그는 어떤 불투명한 덩어리, 검은 영혼이라 부를 만한 것, 회색빛 털뭉치 같은 것을 지니고 있는 존재로 다가온다. 우리는 그것이 구체적으로 무엇인지 결코 해부할 수 없다. 그와 마주 앉아있는 어느 오후에, 그와 함께 차를 타고 달리는 어느 노을 지는 저녁에, 그를 품에 안고 있는 어느 밤에, 우리는 그를 알 수 없다. 그가 지금 무슨 생각을 하고 있는지, 무슨 마음을 품고 있는지, 어떤 영혼을, 어떤 내면 세계를 헤매고 있는지 결코 알 수 없는 것이다.

　우리는 때로 상대의 내면을 완전히 파악하고자 하는 결벽증이나 해부학 실험 충동을 느끼지만, 그것은 불가능한 일이다. 우리는 상대의 그 무한한 내면을, 타자의 세계를, 오직 그만이 알고 있는 그의 영혼을 알 도리가 없다. 믿을 건 단지 그의 말이나 행동뿐일 텐데, 그렇게 그의 말과 행동을 주워 담아 조각 맞추어, 내가 그에 대해 '알고 있다'고 믿을 뿐이다. 하지만 그러한 믿음, 상대를 안다는 오만도 무릎 꿇는 고요한 순간이 있다. 그때 마주하는 상대의 저 신비롭고 무한한 검은 빛깔 앞에서, 우리는 이제야 이 사람을 사랑한다고 느끼게 된다. 좋아함이나 정다움이 아니라, 사랑함을 말이다.

　사랑하지 않는 자를 비밀스럽게 볼 이유는 없다. 그런 사람들은 그저 모두 뻔한 사람, 혹은 적당히 호기심을 자아내는 궁금한 사람, 재밌고 다양한 사람들일 뿐이다. 하지만 사랑하는 자는 내게 닿아야 하지만 닿을 수 없는 끝없음으로 다가온다. 어느 날, 우리는 그의 무한한 기억, 무수한 세부, 슬픔, 상처, 기쁨, 그가 웃었던 어느 빛나던 나날, 그가 울었던 어느 어두운 시간, 그가 헤매던 어느 세계를 직감한다. 그 세계, 그 시간, 그 기억의 무한성 때문에 나는 그를 사랑한다. 오직 그만이 내게 무한하기 때문이다.

사랑하는 상대의 비밀스러움과 무한함은 곧 내가 속한 공간 전체로 확대되어 나간다. 내가 속해있는 이 공간이, 이 세계가 둘도 없는 어떤 느낌으로 다가온다. 이 세계가 무언가로 가득 차있다. 이전에 알던 그런 세계감이 아닌 다른 세계감, 세계의 낯선 이면, 그 세계성이 불러오는 감각이 우리를 휘감는다. 그렇게 우리는 사랑의 공간에, 사랑의 시간에 속하게 된다. 저 세상 사람들이 살아가는 현실, 그 밖의 타인들이 살아가는 세상과는 전혀 다른 어떤 세계에 말이다. 서로를 사랑하는 사람만이 속할 수 있는, 세상으로부터 유리된 어떤 공간. 하지만 그 공간은 폐쇄적이지 않은, 이 세계 전체이기도 하다. 그렇게 사랑은 세계를 만나게 한다. 그렇게 당신의 무한함은 세계의 무한함이 된다.

사랑이 주는
신비로운 경험

　　사랑이 주는 신비로운 경험 중 하나는, 그저 당신이 건넸던 어느 순간의 호의, 눈빛, 몸짓 하나가 세상의 다른 모든 것들을 사라지게 하고, 오직 그것만이 가장 중요한 것이라고 느끼게 하는 순간에 있는 듯하다. 당신이 타주었던 차 한잔, 당신이 건네주었던 꽃 한 송이, 당신을 따라나섰던 밤 산책, 당신이 커피를 마시던 순간의 모습이 어느 순간 가장 의미 있고도 유일한 것이 된다. 그 밖의 나를 둘러싼 인생이나 세상의 맥락 같은 것들은 아무래도 상관없는 것이 된다.

　　그래서 사랑하는 사람은 부디 시간이 흐르지 않기를, 이대로 더도 덜고 말고, 더 얻을 것도 더 내어줄 것도 없이 그저 시간이 멈추어지기를 바란다. 당신과 마주 앉아 있는 볼품없는 방

안의 새벽, 끝나지 않을 것만 같은 창밖의 여름, 매일 아침마다 마시게 되는 가을의 차가운 공기 같은 것들이 그대로 머물러 있기를, 영원하기를 바라게 된다. 다시 돌아갈 삶이라는 것은 이만큼 중요하거나 소중하지 않다는 것을 알기 때문이다. 완벽하리만치 아름답거나 소중한 순간은 그리 오래 주어지지 않는다는 것을 알기 때문이다.

사랑이 어떤 종류의 완벽한 순간을 경험하게 하고, 그런 완전함에 대한 감각을 준다는 건 꽤 오래전부터 공인되었던 사실인 것 같다. 그 많은 문학인들이나 예술가들이 예나 지금이나 하나같이 그러한 순간을 노래하고 있다. 그 순간 한 사람이 어디까지 과감해질 수 있는지, 얼마나 용감해질 수 있는지, 전에는 없었던 의지력과 열정을 자기 안에서 끌어낼 수 있는지, 그렇게 온통 세상을 다 지워버리고 우주에 단둘만 남을 수 있는지, 이야기하고 있는 것이다. 사랑하는 연인은 세상 끝까지 도망치기도 하고, 서로를 구해내기도 하며, 삶을 땅바닥에 내동댕이쳤다가 완전히 백지에서처럼 새로 시작하기도 한다. 모든 걸 백지로 만들고 새로 시작할 수 있을 거라는 믿음이 빈틈없이 채워지고, 무엇이 가장 중요한 것인지 정확하게 알게 되며, 삶이라는 것이 그 어느 때보다도 명료해지는 것이다.

아마 인생에서 그런 사랑의 경험이란 그렇게까지 자주 주어지는 일은 아닐 것이다. 또 그런 시간은 대개 사랑에서 최초의 시간이 지나고 나면 서서히 진정되어서, 사랑도 삶의 여러

요소들을 갖추어가야 한다. 사랑하는 사람과 그대로 달려 세상 끝으로 도망치기보다는, 둘 다 잘 자리 잡을 수 있는 일들을 찾아서 취업도 해야 한다. 함께 살고 싶다면, 앞으로 인생에서 일어날 여러 일들에 대비하여 주거의 안정도 생각하고, 보험도 들고, 일 년 뒤에 먹을 것과 입을 것에 대해서도 생각할 필요가 있다. 양가 부모님의 건강이나 관계도 신경 써야 하고, 생활 곳곳에서 마주할 수밖에 없는 여러 누추함도 감당해야 한다. 완벽한 순간이 항상 이어질 수 있는 것은 아니다.

그래도 나는 사랑에 대한 감각이라는 건 생활이 어떻게 되거나, 인생의 맥락이 어떻게 바뀌어도 존재할 수 있다고 믿는다. 그건 어느 순간 맞이하게 되는, 이대로 영원하면 좋겠다고 믿어지는 순간들이다. 그냥 이대로 영원하면 좋겠다. 더 필요한 것도 없고, 더 대단한 것이 없어도 좋고, 그저 이대로 당신과 내가 있는 이 순간이면 족하다. 당신이 깔깔대고, 밤이 고요히 젖어들고, 우리 사이에 있는 아이의 숨결이 매 숨마다 느껴지고, 눈앞에 어느 바다가 있고, 하늘이 펼쳐져 있는 순간에, 그냥 이 순간 역시 죽어도 괜찮을 것 같다고, 이 다음 순간이 오지 말았으면 좋겠다고 믿어지는 어느 순간이 있다면, 역시 그것은 사랑의 증거가 아닐까 싶다.

사랑은 그렇게 부단히도 흘러가는 시간 속에서, 쫓기는 인생 속에서, 늘 무언가를 쫓아가야 하는 삶 속에서, 시간을 멈추게 하는 듯하다. 시간이란 본디 흐르는 것이 아니라 멈춰 있어야만 하는 게 아닐까 싶은 생각이 들게 하는 것이, 사랑이라면 사랑일지도 모른다. 그 순간은 아마 천국과 닮아있을지도 모른다. 혹은 내 마음이나 영혼 같은 것이 머물러 있었던 어느 낯선 세계를 가리키고 있을지도 모를 일이다. 그래서 사랑하는 사람은 운다. 사랑의 순간이 그리워서, 잃는 것이 두려워서, 시간에 휩쓸려가고 싶지 않아서 운다. 당신의 웃음이나 손짓이 너무나 소중해서, 모든 게 다 흘러가버리고 결국은 사라질 것임을 알아서 운다.

주인공으로 만들어주는
사랑

많은 사람들이 사랑을 갈망하는 이유 중 하나는, 사랑이 주
인공이 된 듯한 느낌을 주기 때문일 것이다. 사랑하는 사람은
삶의 주인공이 된다. 그 이전까지 어느 집단에서, 사회 속에서,
주변 관계 속에서 특별히 주인공이라는 느낌 없이 살아온 사람
일지라도, 사랑하는 순간만큼은 세상의 일들이 중요하게 느껴
지지 않는다. 세상에서 아무리 주연이라 외치는 연예인이나 셀
럽이 있더라도, 사랑을 나누고 있는 이 순간, 주인공은 당신과
나 둘이다. 그리고 그런 느낌은 평생 잊기 힘든 것이 된다.

아이를 들어올리고, 깔깔대는 아이의 미소를 바라보고, 아
이가 품에 달려올 때, 이미 이 세상의 주인공은 아이와 나뿐이
다. 세상에는 더 주인공 같은 아이가 있을지도 모른다. 수십만

구독자를 거느린 유튜브 속의 아기, TV 예능 속의 아기, SNS의 수많은 팔로워들로부터 칭찬을 듣는 아기들이 있을 테지만, 적어도 나에게 그들은 주인공이 되지 못한다. 사랑은 우리를 삶의 어느 중심으로 데려다 놓고, 그곳에 머물게 하며, 이곳을 긍정하게 만들어준다.

그렇기에 역시 사랑은 근사한 것이다. 아무도 눈여겨봐주지 않는 어느 노인에게도, 그를 진정으로 사랑하는 강아지의 존재는 세상을 배경으로 만들어버리고, 둘의 사랑만을 그 삶에 남겨놓는다. 강아지는 사람을 차별하지 않고, 자기에게 주어진 존재만을 사랑하고, 주인은 그 사랑에 전염되며, 역시 세상 어느 강아지들보다 자신의 강아지를 사랑한다. 자기의 강아지가 나이가 많든, 눈 한쪽이 보이지 않든, 인위적인 품종이 아니든 같은 것은 상관없다. 그저 유일한 나의 강아지만이 내 삶의 주인공인 강아지가 되고, 그렇게 사랑 속에, 삶 속에 머물 수 있는 힘을 준다.

그렇기에 사랑이 가장 의미 있어지는 지점은 더 이상 전시할 필요가 없게 되는 순간일 것이다. 타인으로부터 값싼 질투를 얻을 필요도 없고, 스스로를 타인과 비교하며 합리화할 필요도 없고, 관심이나 시선을 주워 모을 필요도 없다. 어떤 사랑은 그 모든 것들이 더 이상 필요 없는 것이라는 사실을 정확하게 알려주고, 나를 내 삶이라는 무대 위에 서게 해준다. 그래서 사람들이 사랑을 찾는 이유란, 실로 돈이나 명예를 찾는 일보다 더 합리적인 일이라 볼 수도 있을 것이다. 돈이나 명예를 얻어서 지니게 되는 주인공이라는 느낌보다는, 진실한 사랑이 주는 느낌이 언제나 더 깊고 값지다.

사랑하는 사람과 길을 걷고, 이른 아침 침대에서 뒹굴고, 사람들이 찾지 않는 곳으로 여행을 떠나는 일은 그렇기에 언제나 매혹적이고 삶에서 마땅히 해야만 하는 일이기도 할 것이다. 사랑하는 사람은 언제나 이긴다. 한편으로는, 이길 필요가 없기도 하다. 그렇기에 삶을 멀리 돌아가지 않는 방법이 있다면, 역시 사랑을 하는 것이다. 그렇게 내 삶의 주인공이 되는 일이다.

결국 사랑이 모든 것을
괜찮게 만들어줄 것이다

아내는 종종 자신이 다른 엄마들에 비해 너무 부족한 것 같다고 자책하곤 했지만, 사실 나는 아내만큼 좋은 엄마는 없다고 생각했다. 아내는 주로 인스타그램이나 주변에서, 유기농 이유식을 만들어주거나, 아이의 방을 모던하게 꾸며주거나, 매번 좋은 브랜드의 옷을 잔뜩 사주는 엄마들을 보면서, 자신은 그러지 못해 아이한테 미안하다고 하곤 했다.

하지만 예전부터 지금까지, 나는 아내가 정말 좋은 엄마라고 생각한다. 그 이유는 늘 아이와 진심을 다해 깔깔대면서 놀아주고, 자신의 시간을 실제로 그렇게 하염없이 쓰면서 아이와 친구처럼 지내기 때문이다. 그래서인지 몰라도, 어린이집에서나 주변 사람들은 모두 아이가 무척이나 밝고 잘 웃고 성격이 좋다고 칭찬하곤 한다. 나는 아이에게 잘할 수 있는 건 비싼 옷을 사 입히는 것도, 근사한 요리를 만들어주는 것도 아니고, 그저 아이의 눈높이에서 아이에게 공감하며 진심으로 함께 깔깔댈 수 있는 것이라고 생각한다.

아마 앞으로 살아가면서, 우리가 스스로 부모의 자질이라든지, 우리가 좋은 엄마나 아빠일까, 우리가 좋은 가정을 꾸리면서 좋은 삶을 살고 있을까, 하고 의심하게 되는 나날들이 있을 것이다. 그런데 그럴 때의 기준이 다른 부모나 사람들과 비교하여 우리가 얼마나 완벽하게 '일반적인 의무'처럼 보이는 것들을 해내고 있는지가 될 필요는 없을 거라고 믿는다. 그보다, 가장 중요한 기준이란, 역시 마음을 다하여 이 순간에 사랑하고 있는가, 눈앞에 있는 아이를, 가족을, 당신을 올곧게 바라보고 있는가, 이 순간 온전히 마음을 열어놓고 우리를 대하고 있는가,만이 가장 중요할 거라고 생각한다.

나는 약간 막연한 믿음이랄지, 낭만적인 허영이랄지, 조금 비현실적인 신념 같은 걸 가지고 있다. 결국에는 사랑이 모든 걸 좋게 이끌어갈 거라는 식의 생각이다. 아이를 온전히 사랑해준다면, 아마 아이는 잘 자랄 것이다. 누구보다 좋은 사람으로 커나갈 것이다. 그 사랑이 삐뚤어지거나 왜곡되지 않고, 그저 한 인간과 온전히 웃으며 행복하고자 하고, 결국에는 아이가 자신의 삶을 자유롭고 멋지게 누리길 바라며 한 시절 꿈을 함께하는 것이라면, 그런 식의 사랑이라면, 그저 모든 게 괜찮을 거라고 믿는다. 아내와 나의 사이라는 것도, 이런저런 복잡한 것들을 따지기보다는, 서로 사랑하는 마음만 잘 지켜나간다면, 우리의 삶이 늘 더 좋은 곳으로 향해 갈 거라 믿는다.

그렇다면, 역시 잘 사랑해야 한다. 부모 노릇을 잘하거나, 가장 역할을 잘하거나, 남편 역할을 잘해내는 것, 그런 말들보다는, 그저 매 순간, 보다 온전하게, 잘 사랑하는 게 중요할 거라 생각한다. 아내와 나는 서로에게서도 계속 사랑을 배우고 있다. 아이 또한 우리에게 사랑을 가르치고 있다. 그렇게 계속 배워나가고자 한다면, 역시 괜찮을 거라는 생각이 든다. 잘 사랑하면 된다. 그러면, 대체로, 어지간해서는, 괜찮은 삶을 살게 될 것이라 믿는다.

이유가 필요 없는
상태

아내는 종종 아이를 사랑하는 이유가 무엇일까 묻는다. 그저 우리의 혈육이기 때문에 사랑하는 걸까? 아니면 같이 살다 보니 정이 들어서? 혹은 아이에 대한 소유욕 때문일까? 하고 매번 고민하는 듯하다. 어째서인지 나는 별다른 궁금증 없이 그저 아이를 사랑하는 마음을 받아들인다. 하지만 아내는 아이를 사랑하면서도, 그 이유를 계속 궁금해 한다. 왜 사랑하는 걸까?

며칠 전에도 아내가 그런 질문을 하기에, 나는 그저 사랑하는 마음이 먼저 있을 뿐, 나머지 이유들 같은 건 별 의미 없이 따라오는 것에 불과하지 않겠느냐고 했다. 결국에는 이리 합리화하거나, 저리 설명하거나, 이렇게 말해보거나, 저렇게 납득해볼 뿐이다. 마음이 있다는 건 분명하고, 그에 대한 이유는 끼워 맞추기 나름일 뿐, 그다지 중요하지 않다고 했다. 아내는 조금 실망하는 눈치였다.

아내가 일박 이일로 친구들과 여행을 떠나, 하루는 아이의 손을 잡고 둘이 동네를 걸었다. 아이는 밖에 나서자마자 부리나케 걸어나간다. 그러면서도 내 손가락 하나를 꼭 붙잡고 놓지 않아서, 손가락이 아플 지경이다. 경사로가 있고, 자신도 넘어질 수 있다는 걸 알기 때문에 내 손을 꼭 잡는 듯하다. 옆에서 걸으면, 내 무릎 정도 키밖에 되지 않는 아이의 정수리만이 보인다. 이렇게 작은 존재와 나란히 걸어보는 건 확실히 인생에서 처음 있는 일이다.

그렇게 아이와 걷고, 아이를 보고 있으면, 아무런 설명이 필요 없어진다. 아무런 말이, 언어가, 이유가 불필요하다. 그런 것과는 완전히 무관한 어떤 가득 찬 마음을 느끼게 된다. 나의 아이, 나와 함께 있는 존재, 함께 세계를 구성하고 있고, 사실상 사랑의 대상이라 말하기도 곤란한, 내 세계 자체인 나의 아이가 그저 있다. 아버지도 어머니도 이유 없이 아이를 사랑한다. 아마 가장 설명하기 좋은 방식은 맹목적이고 생물학적인 본능일 것이다. 그러나 나는 조금 다른 식으로도 생각하게 된다.

그저 사람은 이유가 필요 없는 상태라는 걸 기다리고 있지 않나 싶은 것이다. 우리는 삶에서 일어나는 온갖 감정들, 상황들, 문제들을 이해하고 설명하기에 바쁘다. 그러지 않으면 삶을 받아들일 수도 없고, 견뎌내기도 너무 힘이 든다. 무엇이든 설명하고, 이해하고, 납득하고, 그렇게 받아들여야 한다. 그러나 그러다 보면, 어느덧 그 무수한 언어들에 어떤 피로함을 느끼게 되는 것 같다. 생각할 필요도, 판단할 필요도 없는 어떤 순간을, 존재를 기다린다. 그리고 그런 존재가 도래했을 때, 기다렸다는 듯이 모든 마음을 내어주는 것이다.

사랑은 그렇게 시작된다. 신에 대한 사랑이든, 연인에 대한 사랑이든, 아이에 대한 사랑이든 어느 순간 이유가 필요 없는 확신이라는 걸 알게 되는 것이다. 마음이 그저 마음 자체로 존재하며 온전할 수 있고, 여백이나 빈틈이 필요 없는 순간이 있다는 걸 받아들이게 된다. 그리고 다시 그 시간으로 돌아가고자 부단히 나아간다. 인간의 삶이란, 그런 게 아닐까 싶은 것이다.

여기가 삶의
목적지

어머니가 그림을 시작했던 건 내가 중학생이 되던 해였다. 당시만 해도, 어머니는 내게 어른 그 자체였지만, 생각해보면 지금의 나보다 겨우 몇 살 많은 나이였다. 어머니는 원래 그림을 잘 그렸고, 어릴 때부터 나는 집에서 늘 어머니한테 그림을 배웠다. 그래서인지 학교나 주변에서 열리는 그림대회에서 받은 상장이 작은 방 안의 한쪽 면을 가득 채울 정도였다.

어머니는 처음 동네 문화센터에서 그림을 배웠다. 그러면서 집 안에는 하나둘 그림을 그리는 도구들이 생겨났다. 한 평 남짓했을 집의 구석방에는 이젤, 유화 페인트, 붓, 기름통 같은 게 하나둘 쌓여갔다. 그 방에 들어서면 늘 기름 냄새가 났다. 이후에 어머니는 동네 골목의 창고 같은 반지하 화실을 얻었는데,

학교가 끝나면 집보다는 어머니가 있는 화실로 가는 게 일상이 되었다.

그래서 중학생 시절 몇 년간은 집에서의 기억 못지않게 화실에서의 기억이 많다. 화실은 나중에 조금 더 큰 다른 반지하 방으로 옮겼는데, 처음 화실에서는 거의 성냥갑만 한 바퀴벌레들과 함께 살았다. 그때만 해도 벌레를 그리 싫어하지는 않아서, 그들은 당연히 같이 사는 동거생물 같은 느낌에 가까웠다. 곰팡이 냄새가 기름 냄새와 늘 뒤섞여 있고, 벌레가 드나드는 곳이었지만, 어머니도, 나도, 동생도 그곳을 좋아했다. 나는 종종 비밀스러운 아지트 같은 그곳에 친구들을 초대하기도 했다.

어머니는 음악을 들으면, 그림이 떠오른다고 했다. 그 무렵, 나는 슬슬 소설 쓰기를 즐기기 시작하던 때라, 음악을 듣고 있으면 소설의 장면이 머릿속에 떠오르곤 했다. 어머니는 늘 팝송이나 클래식 음악을 틀어두었다. 그러면, 나랑 동생은 매트리스 위의 전기장판에 들어가 책을 읽거나 TV를 보면서, 어머니가 그림 그리는 모습을 구경하곤 했다. 비 오는 날이나 어두컴컴한 밤이면, 어머니는 우리를 양팔에 하나씩 끼고는 누운 채로, 어머니의 어린 시절 이야기를 들려주거나 셋이서 장난을 치고는 했다. 그럴 때면, 그 어두운 반지하는 저 험난한 현실과 바깥세상을 지워버린 포근한 우주가 된 듯했다.

화실을 옮기고 나서부터는, 아이들이 많이 드나들었다. 어머니는 화실을 교습소로 등록하고, 아이들을 가르쳤다. 나도 어릴 때부터 어머니에게 배운 그림 솜씨랄 게 있어서, 어머니의 보조로 초등학생 아이들을 가르치곤 했다. 화실은 우리의 아지트를 넘어 동네 아이들의 아지트처럼 되었다.

화실에는 아이들이 학교 앞에서 사서 집에 들고 갔다가, 쫓겨난 병아리들이 있었다. 나는 아이들을 데리고 화실 앞 놀이터로 나가, 화단을 뒤지고, 애벌레들을 잡아 병아리들에게 먹이로 주곤 했다. 병아리는 애벌레가 박스 안에 들어오면, 흥분하여 들고 뛰어다녔는데, 그러면 곧 다른 병아리들이 그 병아리를 쫓아다니며 애벌레를 빼앗아 먹기도 했다. 아이들은 화실 안과 밖의 큰 구분 없이 드나들었고, 친구들을 데려오기도 했고, 놀이터에서 놀다가 와서 화장실에서 손을 씻고, 그림을 조금 그리다가, 다시 나가 놀기도 했다. 그렇게 화실의 오후는 늘 시끌벅적했고 아이들로 북적였다.

아이들이 있던 오후가 지나고 나면, 또 어머니와 동생, 나만이 있는 저녁과 밤이 왔다. 사람 키보다 큰 어머니의 유화 그림들을 칸막이 삼아 만든, 화실 한쪽에는 우리만 들어갈 수 있는 침대 공간이 있었다. 그곳에는 또 예의 전기장판과 기름 난로가 있었는데, 겨울이면 화실은 얼어붙을 듯 추웠기 때문에, 동생과 나는 그 그림 뒤편 침대 공간에 기어들어 가 책도 읽고, 시험공부도 하고, 학교 숙제도 하며 시간을 보내곤 했다. 그즈음이 내게는 사춘기이기도 하였건만, 사고랄 것은 학교에서 다 저지르고 돌아와서는, 아무 일도 없었다는 듯이 그렇게 얌전하고도 아늑한 시간을 보냈던 것이다. 학교 선생님들 사이에서 나를 부르는 별명이 '질풍노도'였던 것(전교에서 오직 나만 이 별명을 가지고 있었다.)에 비하면, 집과 화실에서의 나는 여동생을 아끼고, 아이들을 돌보며, 조용히 지내는 것을 좋아하는 착하고 순한 소년에 가까운 셈이었다.

그림에 재능이 있었던 어머니는 문화센터 그림교실에서 거의 유일하게 프로 화가로까지 발돋움했다. 전국에서 가장 큰 규모의 대회에서, 쟁쟁한 학벌의 경력 있는 화가들이 상을 휩쓸어가는 곳에서 세 손가락 안에 드는 상을 받기도 했다. 대상을 받은 적도 있었다. 그렇게 거의 십여 년, 어머니는 그림과 함께 했는데, 나는 예술의 전당에서 열리던 어머니의 공동전시에 가겠다고 몰래 학교를 빠져나온 적도 있었다. 아버지한테 책 살 돈이 필요하다며 몇만 원을 받아서는, 혼자 기차에 올라탔고, 아무런 말도 없이 예술의 전당까지 가서 어머니를 깜짝 놀라게 해주었다. 생각해보면 꽤나 사랑스러운 아들이지 않았을까 싶다.

그 시절은 내가 서울로 떠나면서 막을 내렸다. 어머니는 그림을 그만두었고, 화실도 사라졌다. 나는 이제 막 시작한 청춘에, 성인으로서의 삶에 적응하는 일에 거의 모든 에너지를 쏟았다. 온실 안의 산세비에리아 비슷하게 살았던 내게 세상에 홀로 서며 관계를 맺고, 나의 길을 찾아 나서고, 한 명의 성인이 되어가는 일은, 마치 온몸에 땀을 흘리며 얼굴이 울긋불긋해지도록 열심히 젖을 빠는 아이와 닮은 데가 있었다. 어른이 되는 데 참 오랜 시간이 걸렸고, 아직도 더 되어가고 있다. 아직 더 어른이 되어야 한다.

　한 사람의 삶이 온전히 주어지기까지는 얼마나 많은 사랑이, 순간이, 시절이, 정성이, 또 방황과 고민과 견뎌냄이 필요한지를 생각한다. 그런데 그 모든 것들이 한편, 삶 그 자체이자, 삶의 전부라는 생각을 한다. 삶이란 그 여정 외에는 다른 것이 아니라는 생각이 든다. 갈 길은 아직 많이 남았지만, 가는 길 외의 삶, 가는 길 바깥의 삶이란 없을 것이다. 목적지가 있는 것이 아니라, 매 순간이 목적지였을 것이다. 내가 지나왔던 화실에서의 어느 밤, 어머니와 함께였던 어느 시절, 그리고 여전히 지나가고 있는 아내와 보낸 오후, 아이를 보는 새벽이 저마다의 목적지일 것이다. 아무리 생각해보아도, 삶은 그 외에 별도로 있는 것은 아닌 듯하다.

이별을 생각하는
마음

아이가 너무 좋아 깔깔댈 때면, 늘 이별을 생각하게 된다. 지금은 이렇게 아빠, 엄마랑 함께 있는 게 세상에서 제일 좋고 너무나 즐거워서 이대로 죽어도 좋아, 라고 외칠 만큼 행복을 감출 수 없지만, 이 시절도 머지않아 끝날 것이다. 내게는 매일 예정된 이별이 보인다. 나를 따라 침대 위를 데굴데굴 구르는 아이, 어디를 가나 바짓가랑이를 잡고 쫓아오는 아이, 내 손을 꼭 잡고 내 곁에 붙어 바다로 다가서는 아이, 아내 곁에 꼭 들러붙어야만 잠을 잘 수 있는 아이, 나를 따라 경쟁하듯이 아이스크림을 먹는 아이. 나에게 너무나 당연한 풍경이고, 너무나 당연한 셋이고, 너무나 당연한 삶의 일부인 이 아이가 떠날 날도 아마 금방 다가올 것이다.

아이가 태어나면서 부쩍 실감하게 되는 인생의 진실이랄 게 있다. 만남과 이별은 너무나도 당연히 인생에 주어진 것이어서 그것을 반드시 견디면서 삶을 살아내야만 한다는 사실이다. 아이의 태어남은 그 누군가의 죽음, 이를테면 조부모나 부모의 죽음을 계속 생각하게 한다. 아이와 보내는 시간, 또 새로이 이룬 이 가족에 쏟아붓는 시간만큼 사라진 나의 원래 가족, 나의 옛 친구, 그렇게 흘러가는 삶, 그런 것들이 너무나 필연적이라는 것을 거의 폭력적으로 받아들이게 된다. 나는 이 시간을 결코 붙잡을 수 없고, 이 시간이 흘러간다는 사실을 전적으로, 완전히, 남김없이 인정하고 받아들여야만 한다.

연애나 결혼만 하더라도, 시간의 흐름을 그렇게 적나라하게 느끼게 하지는 않는다. 몇 년 전 처음 만나 사랑했던 여자는 몇 년이 지난 뒤 내 앞에 서 있고, 우리의 관계는 조금 달라졌을지 모르고, 서로의 눈가에 주름이 늘었을지는 모르겠으나, 당장 작년이나 내년의 우리가 그렇게 다를 거라고 믿기는 쉽지 않다. 그러나 아이는 작년과 올해가 믿을 수 없을 만큼 다르고, 그러니 그 속에서 우리도 믿을 수 없을 만큼 다른 삶을 살고, 내년도 도저히 상상할 수 없는 새로운 일상들이 주어지리라는 걸 알게 되는 것이다. 그러면 시간 속에 흘러가는 모든 것들이 너무나 선명하게 느껴져서, 약간 어지러울 정도로 행성이 빙글빙글 돌며, 삶을 눈 깜짝할 사이에 빼앗기고 마는 건 아닌가 싶은 마음이 들기도 한다.

사실, 나의 삶에 아주 대단한 기대랄 것은 없다. 나는 삶에서 누릴 만한 것들은 거의 다 경험해보았고, 앞으로는 그 모든 것들의 다소 지난한 반복 비슷한 것들이나 펼쳐져 있을 거라 생각하곤 한다. 여행도 할 만큼 해보았고, 맛있는 것도 먹을 만큼 먹어보았고, 사랑도 할 만큼 했고, 글도 쓸 만큼 썼고, 사람들 앞에서 떠드는 일도 할 만큼 했다. 그저 이따금, 이전에 느꼈던 그 좋은 감정을 다시 느껴보고, 다시 좋은 맛을 느끼고, 또 즐겼던 것을 반복하듯이 다시 또 즐기는 그런 나날들 정도가 있을 것이다. 그러나 삶에 아이가 끼어들면, 정말로 완벽히 새로운 무언가가 시작된다. 아이에게 새로운 것 앞에서, 나도 새로워 신나게 소리치게 된다.

내가 요즘 가장 좋아하는 순간 중 하나는 아이가 "저게 뭐예요?!" 하고 소리치는 때다. 차를 타고 가다가, 신기하게 생긴 트럭이 지나갈 때 아이는 깜짝 놀라서 "저게 뭐예요!" 하고 손가락질하며 소리친다. 그러면 나는 이상하게 기분이 너무 좋아져서, 아이에게 "저게 뭐지!" 하고 같이 소리친다. 그래서, 이를테면, "포크레인 친구인가 봐." 같은 이야기를 한다. 아이가 수영장에 들어가서 잇몸을 만개하며 미소를 멈출 수 없어 할 때, 침대에 뒹굴며 깔깔댈 때, 바다를 향해 뛰어갈 때, 그 아이의 신남, 웃음, 새로움, 아이가 바라보는 저 눈부신 사물들, 눈이 멀어버릴 것처럼 새롭고 투명한 세계, 신비를 가득 머금고 있는 아이 앞에 펼쳐진 삶을 너무나 함께 사랑하고 싶고, 벅차올라서 나도 이 삶을, 그 순간에만큼은 참으로 진심을 다해 대하게 된다.

그렇게 내 삶의 가장 눈부신 어느 한때도 지나고 있다고 느낀다. 이렇게 느낄 수 있는 나날들도 끊임없이 계속될 것만 같지만, 어느 순간 뚝 끊어진 채, 모두 어디로 사라졌는지 몰라 두리번거리고 있을지도 모를 일이다. 그런 어느 날을 맞지 않기 위해서, 계속 오늘의 순간순간에 깨어있고 싶다는 간절한 마음이 들곤 한다. 내 삶의 눈부신 한때가 지나고 있다. 다시 만날 수도 없이, 그렇게 영영 멀어지는 중이다. 오늘 하루도, 그렇게 우주 저편으로 떠내려가고 있다.

새벽의
파수꾼

    내 삶에서 참으로 많은 부분을 차지하고 인상 깊게 남아있는 순간 중에는, 내 곁에 누군가 잠든 밤에 홀로 새벽을 지키곤 하던 나날들이 있다. 매일 밤 나와 함께 있었던 아이를 재우고서, 나는 새벽까지 책상에 앉아 책장을 넘기거나 타자기를 두드리곤 했다. 행여나 아이가 타자기 두드리는 소리나 책장 넘기는 소리에 깰까 봐, 매일 밤마다 빗소리를 틀어놓았고, 그래서 내 방에는 매일 비가 내리는 것 같았다. 그런 습관은 아내와 아이랑 떨어져 살던 시절에도 이어져서, 매일 밤 나는 빗소리를 들으며 잠을 청하곤 했다.

    아이가 신생아이던 시절에도 새벽은 내 몫이었다. 아이가 두세 시간마다 한 번씩 깨서 수유를 해야 할 적에, 나는 거의 매일 밤을 샜다. 열두 시나 한 시쯤 한 번, 서너 시쯤 한 번, 그러고 나면 내가 잘 시간이었다. 그런데 그렇게 지키고 있던 새벽이 지금 돌이켜보면, 어쩐지 따뜻한 느낌으로 남아있다. 아마도 내가 돌보아야 할 존재가 나의 공간에 있고, 나는 파수꾼처럼 그런 밤과 새벽을 지키는 느낌을 좋아했던 듯하다.

아내와 아직 둘이던 시절에도, 아내를 재워두고 홀로 남아 있던 새벽이 참으로 많았다. 강아지나 고양이와 지낼 적에는, 그들이 내 곁에서 잠든 밤의 느낌을 좋아했다. 그럴 때면, 이상하게도 안심이 들고 그 방 안의 우리가 보호받는 듯한 느낌이 들었던 것 같다. 내가 그들을 지키고 있기도 했지만, 다른 한편으로는 나도 그들로부터 보호받는 듯했다. 누군가 나의 곁에 있는데 그 존재가 나에게 '잠'을 내어준다는 것은 아마도 나에게 모든 걸 내어준 것이므로, 나도 그들 존재의 믿음에 기대어 그런 느낌을 받을 수 있었을지도 모른다. 그렇게 보면, 서로에 대한 믿음만큼 삶을 부드럽게 물들여주는 것은 없는 것 같다.

청소년 시절에는, 여동생이 내 방에 와서 강아지랑 자는 걸 좋아했다. 그러면 나는 바닥에 이불을 깔고 잤는데, 나중에는 아예 내 좁은 방 안에 침대를 두 개 들여놓기도 했다. 야자가 끝나고 열두 시면 집에 돌아와서, 여동생이랑 같이 투니버스 만화 한 편을 보고, 여동생이 잠들고 나면, 두세 시까지 스탠드만 켜두고 공부를 했다. 그리고 잠들기 전 한 시간 정도는 소설을 썼다. 다음 날 일어나 학교를 가는 것은 늘 끔찍했지만, 그런 새벽

만큼은 그 시절 내가 가장 사랑했던 시간이었을 것이다. 아마 그 시절 언저리부터, 나는 낮과 밤을 다소 다르게 받아들였고, 어찌 보면 나만의 세계랄 것을, 어느 새벽의 세계를 만들어나갔을지도 모른다.

내 삶에 앞으로도 계속 그런 밤이나 새벽이 존재할지 모르겠지만, 아마 그럴 수 있다면, 아주 나이가 들거나 삶이 많이 저물어갈 무렵에도 그리 외롭지 않을 것 같은 기분이 든다. 참으로 외로운 시절이 온다면, 내가 지켜내고, 나를 지켜줄 고양이 한 마리와 내 발밑에서 잠들 강아지 한 마리랑 함께 살아가도 좋을 것 같다. 어떤 시절에는 나의 밤에 지켜줄 것이 없기도 했다. 그래서 나를 지켜줄 것도 없었다. 생각하기를, 그 누군가를 보호하고, 내가 보호하는 존재로부터 믿음을 얻고, 그렇게 살아가는 일이 그 자체로 참 소중한 것이 아닌가 싶다. 내가 그럴 수 있는 사람으로 오랫동안 나를 지켜내었으면 좋겠다.

지금 사랑하니까
다른 건 아무래도 좋아

사랑하니까 충분해, 내일 같은 건 아무래도 좋아, 라는 감각은 삶에서 드물게 주어져 더욱 소중한 것 같다. 인생의 어느 시점을 넘어가게 되면, 지금 사랑하니까 다른 건 아무래도 좋아, 라는 건 점점 불가능해진다. 오히려 사랑 따위가 밥 먹여주나, 사랑이 무슨 의미가 있어, 사랑은 언제나 여타 조건들의 부수적인 서비스나 효과 같은 것에 불과해, 라는 게 흔히 어른들이 갖게 되는 일반적 정서에 가까울 것이다. 그러나 어느 시절에는, 지금 마음 안에 넘쳐나는 사랑이 너무나 확실해서, 이 우주에서 유일하게 사랑만이 확실하게 느껴져서, 다른 건 아무래도 좋다고 생각하는 때가 있다.

개인적으로 나는 '연애결혼'이 꽤나 의미 있다고 믿는 편인데, 서로의 조건을 하나하나 일일이 따지기 전에 비교적 순수하게 사랑하던 시절의 기억이 둘 사이에 존재할 수 있기 때문이다. 물론, 세상에 완전하게 순수한 사랑 같은 건 없고, 결국 연애나 사랑이라는 것도 다양한 시대적 조건의 영향을 받기 마련이다. 그럼에도, 당신을 너무 사랑하니까, 그래서 함께 있는 이 순간이 너무 좋으니까, 당장 내일 같은 건 아무래도 좋아, 지금 이 순간 이 우주 속에 내가 당신을 사랑하고 있다는 것보다 확실한 건 없어, 라고 느꼈던 그 어느 시절의 이야기가 결국 평생을 지탱하는 작은 버팀목이 되는 때도 있기 마련이라 생각한다.

아이가 태어나고 나서도 종종 그런 마음을 느낄 때가 있었다. 육아에 시간을 쓸 때, 다른 중요한 일들 대신 아이와 보내는 시간을 선택한 순간에, 나는 속으로 생각하곤 했다. 이 순간 내가 아이를 깔깔 웃게 해주고, 아이와 함께 놀이터에 가고, 아이와 물놀이를 하고 있어서 다른 중요한 일을 못 하고 있지만, 그 때문에 이 순간을 후회하지는 않을 거라고 믿었다. 이 순간 내가 이 아이를 참으로 사랑하고 있고 아이는 행복해서 웃고 있으니까 다른 건 아무래도 좋다고 생각한 순간들이 있었다. 한 해를 돌아보면, 그런 순간보다 소중한 순간은 찾기 어렵다.

세상에는 만나서 이야기를 나누면, 대략, 그런 '다른 중요한 것들은 아무래도 좋은' 순간에 대해 이야기하는 사람이 있고, 그 '다른 중요한 것'에 대해 이야기하는 사람이 있다. 내가 아는 한 사람은 늘 자신이 사랑한 순간들에 대해 이야기를 들려준다.

그리고 다른 어떤 사람은 그런 이야기를 전혀 하지 않는다. 대신 돈 이야기나 일 이야기만 하는 경우도 있다. 그저 내 입장에서는, 그 중에서 삶의 더 소중한 부분을 잃지 않은 사람, 그래서 아마도 행복에 더 가까이 있는 사람, 그렇기에 더 닮고 싶은 사람이 있을 뿐이다. 저마다 의미 있는 삶을 살아가고 있겠으나, 세상에는 왠지 그저 닮고 싶거나 부러운 사람들이 있기 마련이다. 내게 그런 사람들은 어느 소중한 시절의 마음을 잃지 않은 것처럼 느껴진다.

인생을 살아간다는 게, 결국 다 비슷하기 마련이고, 나중에 다른 것은 어느 동네의 몇 평 아파트에 사느냐, 어떤 명망 있는 직업을 가졌느냐, 같은 차이밖에 남지 않는다고 느껴질 때가 있다. 확실히 그런 것들은 눈에 잘 띄고 비교하기도 좋으며 어떤 삶이 더 우월하고 열등한지 손쉽게 계산하기 좋은 지표들이다. 그러나 나는 사람들 사이에, 조금 다른, 삶의 본질적인 차이 같은 것들도 있기 마련이라고 느낀다. 그 차이는 그렇게 쉽게 눈에 띄지 않을 수 있고, 그래서 이마에 써 붙이거나 전광판에 매달아 광고할 수 없는 종류의 것일지라도, 삶에는 어떤 질적인 차이들이 있다고 때로는 확신한다. 누군가는 확실히 더 좋은 삶을 사는데, 실제로 그 사실을 아는 사람은 참으로 드물지도 모른다.

사랑하는 것이
좋다

사람이 다른 한 사람을 만나서, 유심히 들여다보고, 호감을 느끼고, 이내 좋아하게 되고, 멀리서 그 사람의 모습이 보이면 설레고, 떨어져 있으면 보고 싶고, 그 사람의 웃는 모습이 생각나고, 그래서 전화를 걸고, 밤 늦게까지 홀로 누워 전화기에 대고 속삭이고, 그렇게 가까워지고, 살을 맞대고, 팔짱을 꼭 낀 채 걸어다니고, 함께 사진을 찍고, 먼 곳으로 떠나고, 낯선 땅에 둘만이 있다는 기분을 느끼고, 그렇게 사랑하게 되어가는 과정이란, 얼마나 삶에서 소중하고도 좋은 일인지를 생각한다.

어느덧 그런 나날들도 옛 기억이 되었다. 생각해보면, 참 그런 만남과 다가섬과 알아감이 있다는 것이 얼마나 삶다운 삶이고, 좋은 일이었는지를 이해하게 된다. 연애라는 게 누구나 하는 것이고 별일 아닌 것처럼도 느껴지지만, 한편으로는 삶에서 그만큼 깨끗하고 청명하고 기쁜 일이 있었나 싶기도 하다. 사랑한다는 것이 어느덧 일상이 되기도 했지만, 역시 사랑을 시작하는 일의 기분 같은 것도 종종 생각날 때가 있다.

한때는 혼자 지내는 시간이 많아서 그런지, 그런 옛 기억들이 자주 나곤 했다. 아이가 태어나고 가족을 이루면서 하나 아쉬운 점은, 아내와 둘이 떠났던 신혼여행이라든지 일본여행, 둘이 떠났던 주말의 근교 나들이나 하염없이 둘이 걷던 골목길의 느낌 같은 것은 아무래도 되찾기 어려운 시절의 일이 되었다는 점이다. 하와이로 신혼여행을 떠났던 바로 그때의 느낌을 가지고 다시 하와이로 떠날 수는 없을 것이다. 그런 것은 아무래도 다소 아쉬운 데가 있다. 삶이라는 게 워낙 아쉬움을 쌓아가는 일인 것 같기는 하지만, 그래도 둘이 처음 연애를 시작할 때, 서너 시간씩 수화기를 붙들고 앉아서, 새벽까지 통화하곤 하던 일은 유독 더 그리운 데가 있다.

삶을 제법 잘 살아냈는가, 그런 느낌이 드는가, 지나간 시절들은 괜찮은 것이었는가, 라고 묻는 말에 그렇다고 자신 있게 답할 수 있다면, 아마 그 사람은 충분히 잘 사랑한 사람일 것이다. 꿈을 이룬다든지, 큰돈을 번다든지, 원하는 시험에 합격한다든지 하는 것도 좋을지 모르겠으나, 역시 충분히 사랑하며 살아낸 것 같다는 기분이 든다면 나는 잘 살았다고 말할 수 있을 것 같다. 공부를 열심히 해서 좋은 대학에 들어갔다면 좋은 청소년기를 보낸 것일까? 그럴지도 모르지만, 내가 그 시절을 잘 살아냈다고 믿는다면, 아마도 강아지나 여동생과 충분히 사랑하며 잘 살아냈기 때문이었을 것이다. 아내라면 아마 그 시절의 친구들과 나누었던 사랑에 관해 이야기할 테고 말이다.

충분히 사랑하고, 설레면서, 눈앞에 있는 사람과 그 사람과 보내는 시간과 그 시간을 둘러싼 세상을 사랑하며 살아낸 나날들이 켜켜이 쌓인 삶은 좋은 삶이라는 생각이 든다. 매 시절마다 그 시절에 어울리는 사랑이 있었을 것이다. 가족이든, 친구든, 사촌이든, 연인이든, 어떤 문학작품이나 영화든, 어떤 여행지나 공간이든, 그 무언가를 참으로 사랑하면서 그에 마음을 다 바쳐 시간을 살아냈다면, 그 시간들에는 후회가 남지 않는 것 같다. 다만, 모든 사랑이 그렇듯 흘러가고 지나간다는 데 슬픈 아쉬움 같은 것들이 남을 뿐이다. 그러나 그런 아쉬움조차 아름답고 사랑한다고 느끼곤 하는 것이다.

그러니 역시 사랑하는 것이 좋다고 생각한다. 사랑에는 그 고유한 느낌 같은 게 있어서, 사랑하는 사람은 자신이 사랑하고 있다는 것만큼은 분명하게 안다. 내가 탐욕이나 권력욕, 어떤 이익이나 정신적인 결핍, 기계적인 강박이나 불안 때문에 그 무언가에 집착하고 있는지, 아니면 진심으로 사랑하며, 사랑 속에서, 사랑과 함께 숨 쉬고 있는지를 구별할 수 있는 것이다. 마치 물고기가 자신이 땅 위에 있는지 물속에 있는지를 알듯이 말이다. 그렇게 사랑 속에서 살아가기를 바라게 된다.

삶의 두 가지
방향

삶에는 어쩌면 크게 두 가지 방향이 있을지도 모른다. 하나는 싫어하는 것이 많아지는 삶이고, 다른 하나는 좋아하는 것이 많아지는 삶이다. 물론, 싫어하는 것과 좋아하는 것 모두 많아지거나 적어지는 삶도 있을 것이다. 그러나 만약 넓은 틀에서 두 삶의 경향성이 있다고 한다면, 나는 좋아하는 것이 많아지는 삶을 살고 싶다. 좋아하는 책도, 음악도, 사람도, 공간도 조금씩 많이 늘려가고 싶다.

아마 세상에 싫어하는 것만 점점 많아지는 삶도 존재하는 것 같다. 나이가 들어갈수록, 사람들도 다 싫어지고, TV 프로그램도 다 지겹고, 더 새로워서 좋아한다고 느껴지는 감정도 없이 권태와 환멸 속으로 잠겨들어가는 삶도 있을 것이다. 그러나 역시 그런 삶은 살고 싶지 않다. 내가 예전에는 몰랐던 삶의 좋은 것들을 많이 알게 되고, 사랑할 수 있는 사람으로 살아가기를 바라게 된다.

그리고 대개 새롭게 무언가를 사랑한다는 것은 새롭게 무언가를 알게 되어간다는 것과 거의 일맥상통하는 듯하다. 몰랐던 음악, 요리, 장소, 사람, 분야를 알아가는 것 자체가 그 무언가를 점점 사랑하게 되는 일인 것이다. 이런 일에는 무엇보다 의지가 필요하다. 어느 철학자의 말처럼 삶이 이성과 감정, 의지로 이루어져 있다면, 나는 때때로 그중에서 삶을 '만들어내는' 데는 의지가 가장 중요한 게 아닐까 생각한다. 의지를 통해 알아가고 사랑하는 것들을 만들어나가면, 그것이 곧 삶이 되고, 삶의 의욕이 되고, 삶의 생명력이 된다.

내가 만나고 싶은 사람들이 있다면, 삶이나 세상의 온갖 불평불만을 늘어놓는 사람보다도, 나에게 내가 모르는 새로운 영역을 열어주고, 그래서 내가 새로운 것을 사랑할 수 있게 해주는 사람들이다. 물론, 때로는 부당한 세상이나 잘못된 사회에 대해 함께 비판하면서 마음의 중심을 다져나가는 것도 좋다. 그러나 역시 함께 이미 아는 것을 비판하는 데만 골몰하는 것보다는, 그를 통해 알게 되는 또 다른 세계에 대한 감각도 주는 사람들을 사랑하게 되는 것 같다. 그런 방식이 내 삶을 더 가치 있게 만들어준다고 느낀다.

삶에 대한 사랑은 내면에서부터만 터져나와서 스스로 자

족하듯이 얻어낼 수 있는 것만은 아닐 것이다. 오히려 삶은 길가의 조약돌을 주워모으듯이 그렇게 나의 외부로부터 차근차근 걸어들어오기도 한다. 아이가 열어보인 세계, 그 누군가의 제안으로 들어선 세계, 사랑하는 사람들이 전해준 세계의 이면, 그런 것들이 나를 지치지 않고, 이 삶을 사랑하고 알아가게 한다.

삶에 사랑이 없는 것을
가장 두려워해야 한다

내가 누군가에게 인생의 조언을 할 수 있을 만큼 현명하다고는 생각하지 않는다. 그럼에도 이제 결혼을 앞둔 어느 청년이, 혹은 이제 성인이 되기를 앞둔 어느 학생이, 혹은 이제 삶을 시작하고자 하는 어느 소년이 삶에 대해 물어본다면, 어떤 말을 할 수 있을까 생각해본다. 나는 먼저 "삶에 사랑이 없는 것을 가장 두려워해야 할 것"이라고 말할 듯하다. 그 외에 다른 것들은 없거나 덜 있어도 좋다. 그러나 사랑이 없으면, 그 삶은 온전하기 힘들다고 말해주지 않을까 싶다.

세상에 두려워할 만한 것들이 참 많지만, 그래도 역시 가장 두려워해야 할 것은 사랑이 없는 것이다. 사랑을 잃는 걸 가장 두려워하고, 사랑이 줄어들거나 없어지는 것을 가장 경계해야 한다. 만약에 사랑이 이미 없어졌다면, 새로운 사랑을 찾으면 좋겠다고 말할 것 같다. 이 드넓은 세상에, 어떠한 형태로든, 서로 마음을 나누고 사랑할 사람이 어딘가에 있을 터이므로, 사랑하는 여자를 찾아 국경선을 넘는 이야기 속 주인공처럼, 그렇게 사랑을 찾으라고 응원의 말을 건넬 듯하다.

사랑 같은 것도 이데올로기이고, 사랑 같은 거 없이도 잘 사는 사람 많은데, 꼭 사랑을 해야 하느냐고 물어볼 수도 있겠다. 세상에 그런 사람들도 아마 있는 것 같지만, 적어도 나를 비롯하여 적지 않은 사람에게는 사랑이 참으로 중요한 것이고, 네게도 그럴 가능성이 높을 거라고 말할 것 같다. 사랑이라는 게 꼭 이성이 아니어도 좋다. 동성일 수도 있고, 동물일 수도 있고, 가족일 수도 있고, 공동체 속에 피어나는 것일 수도 있고, 신과 맺는 관계일 수도 있다. 사랑이란 대개 비슷한 것이어서, 그 중 어느 것이든 사랑이라고 할 만한 것을 삶 속에 꼭 붙잡고 있어야만 하도록 인간은 만들어진 것 같다고 대답할 것이다.

그리고 대개 사랑이 없는 것을 두려워하며, 사랑에 충실하고자 애쓰며, 사랑하고자 하며 살면, 그 삶은 괜찮은 삶일 거라고 말해줄 듯하다. 반면, 사랑을 등한시하게 하는 권력에 대한 탐욕, 사랑과 반대로 가는 자기 자신에 대한 오만, 사랑보다 더 중요한 물질에 대한 갈망은 아마 후회를 남길 가능성이 더 많을 것이라고 답할 것 같다. 그래서 무엇을 지향하고 무엇을 하든 거기에 사랑이 있는지, 또 사랑과 거꾸로 가는 길이 아닌지 계속 경계해야 한다고 말이다. 사랑으로부터의 자유란, 꽤나 멋지고 시원한 일이기도 하지만, 결국 그 자유는 또 다른 사랑을 향하게 될 것이다. 사랑을 잃지 마라, 사랑을 잃으면 안 된다, 그렇게 조언해줄 것 같다.

삶이라는 게 무척 길고 거대해 보이는 때가 있다. 내가 얻지 못한 것이 어마어마할 정도로 많고, 얻고 싶은 것, 얻을 것이 무한하게 펼쳐져 있어서 갈증이 나는 시절이 있다. 그런데 알고 보면, 그다지 부질없는 것이라고 말하고 싶다. 사랑하지 못한 시절이 인생에서 가장 아쉬운 시절이고, 그나마 사랑한 나날들이 덜 부질없는 나날일 테니까. 인생은 모두에게 그리 길지 않게 주어져 있어서, 다른 것들만 부지런히 좇다가는, 좋은 시절이라는 것도 다 가버리기 마련일 거라고 이야기할 것이다. 생각보다 며칠 없다고, 생각보다 얼마 없다고, 생각보다 그리 길지 않다고 말이다.

나도 아직 많이 살아본 건 아니어서, 당연히 내 말이 틀릴 수도 있고, 정답이 아닐 수도 있을 것이다. 그래도 조언이라는 것이 자신의 진심을 전달하는 일에 가깝다면, 나는 그렇게 사랑에 대해 말할 것이다. 내가 아는 한, 사랑을 지닌 사람들만이 이 삶도 온전히 살아내는 것 같다고, 언제나 사랑이 없는 것을 가장 두려워해야 할 것이라고 말이다.

친절한 마음을
베풀 수 있는 힘

누군가에게 친절한 마음을 베푼다는 것은 마치 내가 무언가를 주고 상대는 이익을 보는 일 같다. 그래서 그에 대한 대가를 받고 제공해야 할 서비스처럼도 생각되지만, 아마 진실은 조금 다를 듯하다. 친절은 친절을 베푸는 사람의 마음을 더 채워준다. 받는 일이야, 그저 다소 고맙고, 기분 좋고, 또 가만히 있어도 무언가를 조금 얻는 일일 테지만, 친절을 베푸는 일은 그 자체로 넘쳐나는 어떤 마음의 힘을 느끼는 일 같다.

얼마 전 편의점에 들러 초콜릿 여섯 개를 샀다. 그저 매일 보는 사람들 중 한 명에게 조금 축하해줄 일이 있었는데, 한 사람에게만 주면 다른 사람들이 아주 약간이라도 섭섭한 마음이 들 것 같아서, 그냥 여러 개를 샀다. 어차피 다들 조금이라도 기분이 좋아지면, 그로써 더 좋은 일이니까, 그게 좋을 거라 생각했다. 그리고 마침 편의점에서 아는 사람을 만났는데, 그와 인사를 나누면서 초콜릿 한 개를 건넸다. 그도 조금 기분이 좋아진 것처럼 보였다.

그렇게 누군가에게 작은 친절이나마 베풀 마음을 가지고 거리를 걸으니, 어쩐지 하루가 더 밝게 느껴졌다. 정말 사소한 친절이지만, 그렇게 건네는 초콜릿 하나로도, 누군가는 조금 기분이 좋아질 것이고, 그렇게 웃어줄 것이고, 서로에게 호의를 확인하며, 서로가 서로에게 가진 마음과 선의를 확인한다는 게 그 자체로 의미 있는 일이라는 생각이 들었다. 그러나 그런 작은 친절조차도, 마음이 온통 방어적이거나, 웅크려 있거나, 날이 서있을 때는 도저히 할 수 없는 일이다.

마음이 온통 가시 돋쳐있을 때는, 내가 타인에게 베푸는 아주 작은 친절도 손해처럼 느껴진다. 내가 베푼 친절 때문에 오히려 내가 더 소외되는 듯이 느껴진다. 나만 일방적으로 주고, 그러나 나는 타인으로부터 그런 친절을 받지 못하면, 내가 쓸데없는 일을 하거나, 혼자 과잉된 선의를 뿌리고 다니거나, 속된 말로 '오버'하는 것처럼만 느껴진다. 그러나 그건 진실이 그래서가 아니라, 내게 친절을 베풀 마음의 힘이 없기 때문이다. 친절을 가지지 못한 시절, 친절을 베풀지 못하는 날, 친절을 마음에 품지 못하는 어느 시간들은 그래서 쓸쓸하고, 왜소하고, 차가운 날들이다.

크리스마스 같은 날이 멀지 않은 때가 오면, 주변 사람들에게 작은 선물들을 할 수 있는 좋은 구실이 생긴 셈이 된다. 편의점에만 가도, 산타가 그려진 사탕이나 초콜릿들이 있고, 한 움큼 주머니에 넣어 다니면서 만나는 사람들마다 하나씩 건네주면, 모두가 반갑게 웃는다. 평소에 그런 작은 사탕 하나 받을 일 없는 경비 아저씨에게도, 건물을 청소하는 분에게도, 길에서 우연히 만난 지인에게도, 그저 메리 크리스마스라고, 한 마디 던지면서 사탕 하나 건네면, 그 하루는 왠지 운이 좋게 느껴진다. 친절을 베풀 수 있어 운이 좋다고 느껴지는 날들이, 분명히 있기 마련이다.

나는 그리 착하고 다정한 사람도 아니고, 오히려 조금 차갑고 쌀쌀맞고, 그렇게 누구를 알뜰살뜰하게 챙겨주거나, 항상 반갑게 웃어주는 사람과는 거리가 먼, 그런 사람에 가까울 것이다. 나는 그렇게 누구에게나 친절을 베푸는 것이 몸에 밴 사람도 아니고, 오히려 '츤데레'라든지, 고독해 보인다든지, 다가가기 어렵다는 말을 더 듣는 편이다. 하지만 그런 나도, 친절이 가진 힘에 관해서는 알고 있다. 친절은 받아서 좋은 것보다도, 주어서 좋은 것이다. 친절한 날들은 언제나 좋은 기억으로 오래 남는다. 친절한 사람이 될 수 있는 몇몇 나날들이 마음에 두고 두고 어떤 힘이 된다.

행복에
관하여

1

삶은 내가 처한 상황과 싸움으로써 구해진다. 내가 처해있는 조건에 사로잡혀 있을 때, 그러한 상황에 억눌러있을 때, 삶은 고개 들 틈을 찾지 못한다. '나는 지금 행복할 수 없는 상황이다.'라는 강렬한 규정은 우리 삶에서 자주 나타난다. 수험생이어서, 취업준비생이어서, 신입사원이어서, 아이가 어려서, 자산이 충분하지 않아서, 그 밖의 여러 의무들이 가득한 입장이므로, 우리는 행복할 수 없다고 생각한다.

행복은 그런 스스로의 상황에 대한 규정을 끊어낼 때 가능하다. 내가 처한 압박을 앞으로 10분 동안 끊어내자. 그리고 내가 가장 좋아하는 음악에 10분 동안 몰입하자. 고작 10분이지만, 그 10분 동안 삶은 다시 숨 쉰다. 실제로 우리 삶에는 현실이 가하는 압박보다, 그 압박에 시달리느라 보내는 시간이 더 많다. 그렇기에 삶을 구해내고 지켜내는 것은 그처럼 '의도적으로' 관념의 압박을 끊어내는 데 있다.

2

나는 관념 때문에 자주 나를 불행하게 만든다. 나를 사로잡고 있는 관념들을 걷어내면, 그 자리에는 삶이 숨 쉬고 있다. 삶에서 올바른 일은 그 삶을 누리는 것이다. 니체의 한 마디가 지난 십 년 동안 내 안에 떠돌고 있다. '진정 원하는 생각을 하기 위해서는, 우선 원하지 않는 생각을 하지 않아야 한다.' 이는 달리 말해, '여기에 제대로 살아있고자 한다면, 원하지 않는 관념을 걷어내는 것부터 시작해야 한다.'가 된다.

매일의 삶은 매일의 극복을 토대로 한다. 매일 그다지 삶에 유익하지 않은 관념과 싸우고, 그 관념을 걷어내는 일을 반복해야 한다. 매일 방을 청소하고, 설거지를 하고, 운동을 해야 하는 것처럼 말이다. 매일 관념을 씻어내고, 지금 여기에서 살아야 한다.

3

사람마다 행복의 조건은 다르다. 그런데, 확실히 쉽게 행복할 수 있는 사람이 보다 좋은 삶을 사는 듯하다. 스무 살 대학생과 서른 살 직장인은 똑같은 행복을 얻기 위해 다른 조건이 필요하다. 어느 크리스마스에 스무 살 대학생은 작은 조각 케이크과 크리스마스 카드 한 장, 그리고 싸구려 인형 하나에도 행복할 수 있다. 그러나 동일한 행복을 얻기 위해, 서른 살 직장인은 캐시미어 목도리나 진주 귀걸이, 와인이 있는 레스토랑과 한강이 보이는 호텔이 필요하다.

투자되는 물질, 필요한 조건은 후자일 때 더 많아지지만 어쩌면 전자가 더 진심으로 웃고, 더 행복할 수도 있다. 나이가 들수록 행복은 점점 더 드물어지고, 행복을 위해 더 많은 비용을 치르지만, 우리는 점점 덜 행복해지는지도 모른다. 가장 어린아이였던 시절, 우리는 까꿍 놀이를 해주는 누군가만 있으면 가장 행복하게 웃을 수 있었다. 그러나 나이가 들어서는 아무리 온갖 화려하고 거대한 것들로 시간을 치장해도 행복하기 힘든 그런 상태가 되어갈는지도 모른다.

4

어째서 그랬는지는 모르겠지만, 나는 행복을 위해 일반적인 행복의 조건들이 그다지 필요하지 않았다. 크리스마스는 단지 사람들이 너무나 거리에 많고, 무엇이든 비싸서 기분이 나빠지기 마련인 날이었다. 그래서인지 크리스마스에 무언가를 했던 기억이 거의 없다. 차라리 대학생이었을 때는, 크리스마스 며칠 뒤가 더 좋았던 것 같다. 학기도 마치고, 사람도 없는 평일,

그러나 크리스마스 트리나 전구 같은 여운들은 그대로 남아 있는 날들.

사람들이 무엇으로 행복을 얻는지의 문제에는 별로 관심 없었고, 잘 알지도 못했다. 나의 행복은 비용이 아주 저렴했다. 책 열 권이면 십여만 원, 혹은 대출하면 공짜로, 그저 한 달은 행복할 수 있었다. 영화라든지, 글쓰기라든지, 지하철 여행이라든지, 다 그와 같았다. 비싼 레스토랑, 비싼 호텔, 비싼 옷, 비싼 장신구, 비싼 선물 같은 것이 내게 결핍이었던 적은 없었던 것 같다.

차라리 그보다는 가볍게 손수 해먹는 요리, 내가 좋아하는 음악을 틀어놓은 방, 사람이 없는 새벽의 산책길, 작은 스탠드에만 의지한 채 책을 읽던 밤, 글 쓰던 아침 같은 것들이면 되었다. 거기에 결핍은 없었다.

5

행복은 늘 내게 자기 극복의 문제였던 것 같다. 그래서 아마 이렇게 오랫동안 살 수 있었을 것이다. 그리 많은 돈이 없이도, 그리 좋은 것들을 걸치지 않아도, 그리 좋은 곳에 살지 않아도, 나는 결핍감을 느끼지 않았다. 자기 극복만 하면 되었다. 나쁜 생각을 하지 않으면 되었다.

그러나 어느 순간부터, 나는 조금 더 일반적인 것들을 원하게 되었다. 꽤 분위기 좋은 레스토랑과 호텔, 조금 좋은 브랜드의 옷과 시계 같은 것들. 그런 것들은 나를 불행하게 하진 않지만, 아주 더 행복하게 하지도 않는 것 같다. 그저 그런 것들 속에 살아가는 걸 익숙하게 할 뿐이다. 그런 익숙함은 나쁘지 않다. 그러나 엄청나게 좋지도 않다. 그저 새로운 습관을 가지게 되는 것뿐이다.

할 수만 있다면, 나만의, 우리만의 행복들을 더 발견해나가고 싶다. 함께 걷던 서울숲과 그곳에서 마주한 작은 개울과, 그 속에 살던 투명한 새우와, 연못 곁을 지나던 개구리. 멜론을 다 먹고 난 껍질을 머리에 쓰고 웃던 날들과, 아무도 없던 새벽 눈이 내리는 동네의 초라한 공원에서 눈밭에 하트를 그리던 순간. 아침에 일어나 음악을 틀고 커피를 한잔 마시며 춤을 추던 기억과, 기대어 앉아 졸기도 하면서 함께 책을 읽던 날들. 그런 행복들을 줄곧 발명하고만 싶다. 쉽게 비용을 치를 수 없지만, 아무리 큰 비용을 들이더라도 그보다 더 행복하긴 쉽지 않은, 그런 날들 속에 더 많이 살고 싶다.

삶에서 가장
얻기 어려운 것

삶에서 가장 얻기 어려운 것이 있다면, 누군가가 마음을 기울여주는 시간일 것이다. 많은 사람들이 그렇게 누군가의 호의를, 진심 어린 관심을, 기울여주는 마음을 바라지만 그 작은 시간을 얻는다는 게 참 쉽지 않다. 사회생활의 대부분은 거래, 계산, 이익으로 점철되어 있어서, 우리의 마음이 온전히 어느 장소에 자리 잡고, 그 시간에 물들 수 있는 기회란 좀처럼 없다. 사람들은 그런 시간을 얻기 위해 돈을 지불하여 심리상담가를 찾기도 하고, 값싼 웃음, 미소 어린 서비스라도 받으려 한다. 그러나 진심 어린 마음이 그런 데서 찾아질 리는 없다.

어릴 적에, 아이는 온통 부모의 관심과 마음을 받으며 자란다. 아이와 있어보면, 아이가 한순간도 홀로 있지 않고 싶어 한다는 걸 느낄 수 있다. 언제나 부모의 시선이 닿기를, 자기에게 관심을 기울여주기를, 마음을 주기를 바란다는 걸 알 수 있다. 나이가 들면서 우리는 아마 그런 수요를 조절하는 법을 익힐 것이다. 언제나 마음을 받으며 살 수는 없다는 걸 인정하고, 대체물들도 부지런히 찾을 것이다. 그러다가 게임이나 알코올 중독에 빠진다든지, 어떤 사람에게 지나치게 집착한다든지, 타인에게나 스스로의 마음에 칼을 들이대며 괴로워하는 날들도 있을 것이다. 그런 일들은 대개 누군가의 진심 어린 마음을 얻지 못해 일어나는 일들이 맞을 것이다.

타인의 무관심을 바라고, 개인주의화되고, 자기 이익만 챙기는 게 편안하고 행복하다는 가치관이 퍼지고 있다지만, 그런 가치관이 성행하는 건 어느 정도 '마음 없는 사회'에 대한 반작용이기도 할 것이다. 애초에 가득한 건 쓸데없는 참견, 평가질, 비교와 질투, 타인을 향한 기준의 폭력, 자기 이익을 챙기기 바쁜 거래 같은 관계들일 뿐이고, 그에 지치다 보니 아예 마음을 얻는 일 따위는 불가능하다고 느껴버리는 게 아닐까? 마음을 주고받을 때 오는 리스크가 너무 큰 나머지, 진실로 그럴 수 있는 가능성이 너무 없는 나머지, 애초부터 마음을 닫고 사는 게 편하다는 가치관이 퍼지고 있는 건 아닐까? 그런 거라면, 우리는 대단히 쓸쓸한 사회를 만들어가고 있는 셈이다.

가능하면, 의식적으로 계산에 철두철미하지 않으려 애쓴다. 차라리 다소 손해 보는 게 마음이 더 편하다. 2시간짜리 강연이나 수업을 맡으면, 3시간에 이르고 4시간이 넘도록 질문을 받고, 대답을 하고, 이야기를 주고받는 게 차라리 더 마음에 좋다. 그러면, 적어도 내가 그 추가적인 여분의 시간에 대해서만큼은, 이익 계산으로 쓴 시간이 아니라 마음을 기울여 쓴 시간이라고 느낄 수 있기 때문이다. 그래서인지 나는 모임이나 수업을 맡아도 정시에 끝내본 적이 거의 없다. 2시간을 잡아두면, 서너 시간씩 대관료를 더 지불하고, 시간을 손해 봐서라도 더 시간을 이어가고자 했다. 그게 내 마음을 잃지 않는 최소한의 의지 정도라 느꼈다.

타인들과 경쟁해야 하는 입장에서도, 조금은 손해 봐도 괜찮다는 마음으로 임하려 했다. 어차피 경쟁은 피할 수 없고, 누군가를 짓밟아야 하고, 이겨야만 한다. 하지만 그런 구도에 더 강박적이게 되고, 더 철두철미하고 계산적이게 될수록, 스스로가 더 피폐해지는 걸 많이 느꼈던 것 같다. 그러면 그까짓 것 내 이익은 덜 챙기더라도, 베풀 게 있으면 베풀고 나눌 게 있으면 나누자고 생각했다. 그런 식으로 마음먹고 살아가면, 확실히 조금은 마음이 괜찮은 걸 느꼈던 것 같다. 스스로 약간 나르시시즘적인 만족감도 느껴지고(나는 그래도 완전히 타락하지는 않았지. 꽤나 좋은 면도 있지.), 죄책감을 덜 수 있었다.

사실 나는 그리 좋은 사람은 아니다. 내가 그렇게 타인들을 위해 마음껏 베풀고, 시간을 쓰고, 누구나 환영하며, 모든 이들에게 마음을 열고 환대하는 선한 사람에 속한다고 볼 수는 없다. 오히려 나 또한 개인주의적인 편이고, 스스로의 시간을 악착같이 지키려 하며, 누군가를 위해 선뜻 마음을 내어주지 않는다. 다만, 삶에 마음을 주고받는 일이 어느 정도는 있어야 한다고 믿는다. 2시간 강연료를 받고 강연하지만, 그에 더한 1시간 정도의 시간, 서로 정보를 교환하는 사이지만, 약간 베풀기도 하는 여지, 이미 주고받는 게 확실한 사회관계이지만, 조금은 그 사람의 마음에 귀 기울이는 시간 정도도 없다면, 내 삶은 가뭄이 온 척박한 땅과 다름없으리라는 것을 예감하게 된다.

종종 타인의 마음을 얻을 때면, 누군가 내게 마음을 기울이는 것을 느낄 때면, 그래서 어딘지 뭉클해진다. 그렇구나, 당신도 자기 삶의 작은 여분을 이 순간 내게 건네주고 있는 것이구나, 그러기 참 쉽지 않을 텐데 고맙다, 하는 마음이 잔잔하게 이어진다. 그렇게 받은 마음들은 또 어딘가에 내놓아야 할 것이다. 그렇게 이익이나 계산이 아닌 마음들이 세상에 조금은 더 돌아다녔으면 싶다. 그 어딘가에는 내 마음도 떠돌아다니길 바라게 된다. 그러면 이 삶을 조금 덜 메마르게, 조금 덜 허무하게 느낄 수 있을 것이다. 내가 남겨놓은 마음들에 대한 확신이 있다면 말이다.

어느 한산한
바닷가에서

　따뜻한 세상에서, 따뜻한 사람들과, 따뜻한 마음으로 살고
싶다. 평생 너무 낙후될 일도, 너무 시끄러워질 리도 없는, 프랜
차이즈 커피점과 편의점 하나 정도만 있는 어느 바닷가의 마을
에서, 딱히 땅값 오를 일도 없고 쫓겨날 일도 없는 2층짜리 주택
을 짓고 살면 좋을 듯하다. 2층의 작은 방에서는 바다가 조심스
레 내다보이고, 잘 가꾸어진 마당에서는 함께 산 지 5~6년쯤 된
코카스파니엘 한 마리가 짖어대면 좋겠다. 조금 선선한 늦봄이
나 초가을 즈음, 마당에 모기향을 하나 피워두고, 맥주를 마시
며 너무 시끄럽지 않게 떠들고 싶다.
　마당을 나서면, 바로 바다가 있지는 않고 조용한 마을 골목
골목이 펼쳐져서, 한 5분 정도 걸으면 잔잔한 바다가 나타났으

면 좋겠다. 바위들이 있는 바닷가로 내려가면, 작은 게들이 내 그림자를 피해 바위 사이로 숨고, 이따금 튀는 파도의 물거품에 뺨을 한 대씩 맞고, 그렇게 다시 5분 정도 걸으면 해수욕장이 나오면 좋겠다. 성수기에도 사람들이 그리 많지 않은 시골의 해수욕장에는, 할머니들이 나와 부채질이나 하고 수박이나 잘라 먹다가 "어이 젊은 아빠, 이리 와서 하나 먹어." 하고 하나씩 나누어 줄 것이다. 다가가서 "어이쿠, 감사합니다." 하고 하나 받아들면 "아이 키운다고 고생 많지? 벌써 다 컸더만. 아주 지 애비를 똑 닮았어." 하고 깔깔 웃어주면 더없이 행복할 듯하다.

해수욕장의 뒤로는 작은 골목들이 있는데, 너무 쓸쓸하지는 않아서, 외지에서 온 젊은 사람이 하는 카페가 두어 군데, 센스 있는 식당이 두어 군데 있으면 좋을 것 같다. 그들과는 모두 안면을 트고 아는 사이가 되었지만 지나칠 정도로 가깝거나 친하지는 않아서, 만나면 반갑게 인사하더라도 너무 사적인 이야기는 주고받지 않았으면 좋겠다. "지난번에 주신 책 읽었어요. 재밌던데요." 하는 인사나 가끔 받고, "시간 낭비가 안 되셨다니 다행이네요." 하고 부끄러운 척하며, 그러나 속으로는 조금 뿌듯해하면서, 커피 한잔이나 마시고 일어나고 싶다.

아이가 골목 사이사이와 해변을 뛰어노는 동안, 온 동네가 아이를 키워주고 돌보아주었으면 좋겠다. 세상이란 스머프 마을과 같은 곳이어서 아이가 세상에서 호의를 느끼고, 곳곳에 있는 따뜻한 사람들이 나누어주는 정과 사랑, 배려를 만끽하며 자라길 바란다. 아이는 골목대장도 해보고, 가끔은 한 대 쥐어 터져서 돌아와도 괜찮을 것 같다. 눈에 시퍼런 멍이 든 아이를 보고 속상해서 그 녀석 찾으러 간다고 씩씩대며 길을 나서다가, 바다 위로 지는 노을과 시원한 저녁의 바람이 너무 좋아, 기분이 다 풀려 버려서는, 그냥 발길을 돌려 치킨이나 하나 사서 집으로 돌아가면 좋겠다.

아이는 세발자전거를 타고, 아내는 내 등 뒤에서 허리를 잡고, 그렇게 자전거 두 대로 바다를 곁에 끼고 함께 한참을 달리고 싶다. 그러다 중간에 멈춰서는, 프랜차이즈 커피점에서 나는 아이스 아메리카노를, 아내는 딸기 요거트를, 아이는 아이스 초코를 하나씩 들고 나란히 앉아 바다나 실컷 바라보면서 옛날 이야기나 들려주면 좋겠다. 아내가 "엄마가 왕년에는 말이지, 길만 지나가도 줄을 섰어요." 그러면, 내가 씩씩거리다 "아빠도 장난 아니었다."라고 하면서 왕년에 누가 더 잘나갔는지로 티격태격하고, 그러면 아이는 관심 없다는 듯이 소라 껍데기나 주우러 갈 것이다.

집에 돌아가서는, 밤 늦게까지 글을 쓰고, 글이 잘 안 풀리면 아내랑 아이 몰래 마당에 나가 담배를 피우면서, 강아지의 머리를 쓰다듬고, 그러다가 머리가 '번뜩' 뜨이면서 다음 문장이 머릿속을 지나가면, 흥분해서 방으로 뛰쳐 올라가 타자기를 두드릴 것이다. 그러다 새벽이 밝아오고, 아내가 부스스하게 일어나서 "아직도 안 자고 있었냐."면서 "오늘 아이랑 동물원 가는 거 알지?" 하면, 아차, 싫어서 부랴부랴 글을 마무리 짓고 함께 떠나고 싶다. 동물원에 가서 나는 고릴라 앞 벤치에서 졸고, 아이는 옆에서 "아빠, 자지 마."라면서 칭얼대고, 아내는 내 허벅지를 꼬집고 아이스 아메리카노나 입에 물려주면 행복할 것 같다. 돌아가는 길에는 어쩔 수 없이 아내가 운전하고, 나는 뒷좌석에서 아이랑 둘이 뒤엉켜 코를 골며 잠들면 좋겠다.

그냥 그렇게 영원히, 그 한산한 바닷가 마을에서 살면 좋겠다.

너는 나의 시절이다

2021년 5월 20일 초판 1쇄
2021년 5월 21일 초판 2쇄

지은이·정지우
펴낸이·박영미
펴낸곳·포르체

편　집·원지연, 류다경
마케팅·문서희, 박준혜

출판신고·2020년 7월 20일 제2020-000103호
전화·02-6083-0128 | 팩스·02-6008-0126
이메일·porchebook@gmail.com

ⓒ정지우(저작권자와 맺은 특약에 따라 검인을 생략합니다)
ISBN 979-11-91393-14-9 (03810)

여러분의 소중한 원고를 보내주세요.
porchebook@gmail.com